Odotan raitiovaunua
Kruunuvuorenrannassa

Juha Arhinmäki
Jussi Käkkis Arhinmäki
Odotan raitiovaunua Kruunuvuorenrannassa

© 2022 Juha Arhinmäki

Taitto ja kansi: Books on Demand

Teksti, Juha Arhinmäki

Kuvat: Jussi Käkkis Arhinmäki

Kustantaja: BoD – Books on Demand, Helsinki, Suomi

Valmistaja: BoD – Books on Demand, Norderstedt, Saksa

ISBN: 978-952-80-1644-1

Odotan raitiovaunua Kruunuvuorenrannassa

Sisällys

Lukijalle

Helsingin keskustan vastarannalle entisen öljysataman paikalle rakennetaan Kruunuvuorenrantaa. Kirjassa on lyhyitä kertomuksia ja kuvia uudesta kaupunginosasta sekä Helsingin kasvusta ja muutoksesta. Kirja on vastaus tamperelaisen ystäväni kysymykseen. Kirjoitin hänelle muuttaneeni Kruunuvuorenrantaan ja annoin uuden osoitteen. Hän tutki kotona karttaa ja lähetti kysymyksen: "Oletko muuttanut ulkosaaristoon?" Kun kerroin, että tänne kulkee raitiovaunu muutaman vuoden kuluttua, hän huojentui. Päätin kuitenkin kirjoittaa muutaman kertomuksen Kruunuvuorenrannasta blogiini (myohempielama. blogspot.com), mutta hanke laajeni kuin itsestään. Kirjoitin muuttoni jälkeisen vuoden aikana blogiin kolmekymmentä kertomusta, joissa kuvaan uuden kaupunginosan syntyä ja Helsingin muutosta 1950-luvulta lähtien. Ensimmäisen vuoden jälkeen vastaus ja kertomusten sarja tuntui valmiilta.

Mielestäni kirja on blogia luotettavampi kertomusten säilytysmuoto, sillä kirjat eivät katoa bittiavaruuteen. Olen lisäksi aina pitänyt ajatuksesta, jonka mukaan kirjojen julkaiseminen on herrasmiehelle oivallinen tapa päästä eroon varoistaan. Tämä on viides julkaisemani kirja. Olen kutsunut niiden edustamaa genreä raitiovaunu- ja metrokirjallisuudeksi. Kertomukset ovat muutaman pysäkinvälin mittaisia ja pieni pokkari on helppo ottaa taskusta tai käsilaukusta.

Pyysin Jussi Käkkis Arhinmäkeä ottamaan valokuvia kirjaa varten Kruunuvuorennasta syksyllä 2021. Isän ja pojan yhteistyö on sujunut mainiosti tässäkin kulttuuriprojektissa. Toivomme, että kirjamme tuottaa iloa Helsingin ystäville.

Kruunuvuorenrannassa keväällä 2022
Juha Arhinmäki

Odotan raitiovaunua
Kruunuvuorenrannassa

"Missä loppuu Käpylä, siellä alkaa Hikiä!" Tämä isäni usein toistama hokema oli 1920-luvulla syntyneen ja Etu-Töölössä lapsuutensa ja nuoruutensa viettäneen helsinkiläisen hahmotus kaupungin ääriviivoista. Minulle kaupunki on väljempi, koska olen liitosalueen poika Munkkiniemestä. Asuin siellä pääosan lapsuudesta ja kaikki kouluvuodet. Munkkiniemestä minulle jäi kolme pysyvää kaipauksen kohdetta: meri, bulevardimainen katu ja raitiovaunu. Lapsuuden leikit sijoittuivat useimmiten kartanon puistoon ja meren rantaan. Muistan Munkkiniemen puistotien puut sekä katua reunustaneet kaupat, pankit, kahvilat ja parturin. Puistotien keskellä on aina kolissut raitiovaunu.

Raitiovaunu oli minulle näistä kolmesta jännittävin, koska sillä pääsi kaupungille, suureen maailmaan. Ja sinne halusin, ensin isän kanssa asioille ja äidin kanssa ostoksille Stockalle, sitten omiin seikkailuihin. Kun menin poikakouluun keskustassa, en tarvinnut tekosyytä kaupungille lähtemiseen. Nuoruusvuodet asuin Munkkiniemen puistotiellä.

Raitiovaunujen kolinasta tuli minulle äänimaisema, joka tuntuu vieläkin kotoisalta ja turvalliselta. Kun tamperelainen ystäväni tuli meille yöksi ensimmäistä kertaa, hän heräsi varhain raitiovaunun ääniin ja ihmetteli miten pystyn nukkumaan sikeää unta tässä melussa. Raitiovaunujen ääniin tottuu, jopa niin paljon, että voi herätä ennenaikaisesti jos niitä ei kuule. Näin sanoi vanhin poikani, joka oli herännyt hiljaisuuteen hyvin varhain, kun raitiovaununkuljettajien lakon vuoksi aamulla ei kuulunut normaaleja ääniä Maistraatintorilta.

Vuosien varrella kehitin – varmaan asuessamme Länsi-Pasilassa – hieman isäni hokemaa muistuttavan elämänohjeen itselleni: asianmukainen asuminen Helsingissä edellyttää, että kotoa on korkeintaan viisikymmentä metriä raitiovaunupysäkille. Aina tämä ei ole onnistunut täysin, mutta olen pitänyt myös paljon metron lähistöllä asumisesta.

Uuden näkökulman raitiovaunusuhteeseeni toi pieni tapaus vuosia sitten. Istuin kolmosen raitiovaunussa ja havaitsin vierelläni yksittäisellä penkillä ison tumman miehen, joka katseli ikkunasta vaihtuvia kaupunkinäkymiä. Hän oli Aatos Erkko, Suomen rikkain mies. Olin joskus varhemmin nähnyt hänet istumassa kaupungilla penkillä ja syömässä jäätelöä.

Tein tärkeän johtopäätöksen. Jos raitiovaunulla ajelu ja jäätelön syönti puiston penkillä on hauskinta mitä Suomen rikkain mies keksii eläkevuosien puuhaksi, tuskin minä löydän parempaa harrastusta.

Kun luin, että uuteen Kruunuvuorenrantaan rakennetaan silta, jota pitkin raitiovaunu tulee sinne keskustasta, aloin suunnitella muuttoa. Puhuin tosin vaimolle, että voisimme muuttaa Kruunuvuorenrantaan, kun aikanaan tulee siirtyminen palvelutaloon. Palvelutalosta en kuitenkaan ollut lukenut mitään, mutta muokkasin puheillani maaperää otolliseksi.

Kun sitten Haakoninlahden rantaan alkoi valmistua taloja, oli helppo myydä ajatus muutosta meren äärelle, bulevardimaisen kadun varteen ja raitiovaunupysäkin lähelle.

Raitiovaunu tulee vuonna 2027 siltaa pitkin Hakaniemestä Kruunuvuorenrantaan. Odotan raitiovaunua. Ja sitä paitsi olen silloin juuri sopivan ikäinen ukko jännittäviin raitiovaunuajeluihin.

Näin Helsingin kasvavan

Ajattelin ensimmäisen kerran tietoisesti kaupungin kasvua kun kuljimme isän kanssa Munkkiniemen pohjoispuolella, jonne rakennettiin 1950-luvun loppupuolella metsäalueelle uutta Munkkivuoren kaupunginosaa. Olimme muuttaneet vuonna 1956 Tukholmasta takaisin Helsinkiin, ja isästä oli tullut paitsi seurakunnan nuorisopastori myös uuden Munkkivuoren piiripappi. Pääsin mukaan katsomaan hänen uutta työkenttäänsä.

Seurasin erityisellä kiinnostuksella kun isä varusti Porintien kerrostalon kellarikerrokseen kappelia. Kappeliin hankittiin jopa stereot nuorten iltoja varten. Jumalanpalveluksien aikana matala kappeli täyttyi ihmisistä. Isä kiersi myös valmistuneissa taloissa, soitti asuntojen ovikelloja ja toivotti perheet tervetulleiksi seurakuntaan. Näille talokierroksille minä en sentään osallistunut, pikkupapille riittivät kappelin tilaisuudet ja nousevan kaupunginosan tarkkailu.

Siirryttyäni poikalyseoon Ratakadulle minulle avautui uusi näkökulma kaupungin muutokseen ja kasvuun. Seikkailimme luokkatoverini Jaskan kanssa eri puolilla Rööperiä ja keskustaa. Viimeisiä puutaloja sekä joitain vanhoja kivitaloja purettiin ja uusia rakennettiin tilalle. En silloin osannut murehtia vanhojen talojen moukarointia, pikemmin päinvastoin. Olin niin modernin lumoissa, että ajattelin kaiken uuden muuttavan kaupunkia paremmaksi ja samalla poistavan harmauden Helsingistä. Tutustuin kouluvuosina myös kasvavaan itään, sillä muutama läheinen luokkatoveri muutti Vuosaareen, jonne tein vierailuja.

Kun oma perheeni muutti 1980-luvun alkupuolella Länsi-Pasilaan, josta olimme onnekkaasti saaneet tilavan perheasunnon, oli aikakausi vaihtunut. Sinne rakennettiin tiiviitä punatiilisiä kortteleita, eikä taloja enää ripoteltu maastoon niin kuin edellisillä vuosikymmenillä lähiöissä. Länsi-Pasila ei tosin ollut metsään rakennettu lähiö, vaan kantakaupunkiin kiinnittynyt kaupunginosa, jonka tieltä vanha puutaloyhdyskunta oli purettu.

Länsi-Pasilassa noudatettiin Helsingin uutta asuntopolitiikkaa: kaupunginosaan rakennettiin lomittain kaupungin vuokra-asuntoja, hitas-asuntoja ja kovan rahan asuntoja. Minusta tällainen sekoitus oli oivallinen monessa mielessä. Erilaisista kodeista tulevat lapset kohtasivat peruskoulussa ja kaupunginosan elämä sujui yllättävän hyvin 1990-luvun alun ankeina lamavuosina.

Kun 2000-luvulla emme enää tarvinneet perheasuntoa, halusimme muuttaa pienempää. Nyt Helsingissä rakennettiin rannoille ja vanhoille teollisuusalueille, satamat ja tehtaat olivat siirtyneet kaupungista pois. Teimme kaksi muuttoa ja molemmilla kerroilla muutimme vanhan öljysataman paikalle. Ensin Herttoniemenrantaan ja sitten Kruunuvuorenrantaan.

Kruunuvuorenranta on vielä rakenteilla, mutta valmiit talot ovat lähekkäin ja korttelit ovat tiiviitä. Minulle tulee välillä korttelipihallamme mieleen kouluvuosien Rööperi, niin lähellä talot ovat toisiaan. Tai elokuva Etelä-Euroopasta, jossa naapurit huutelevat parvekkeilta toinen toisilleen. En kuitenkaan usko, että me kaupunginosan ensimmäiset asukkaat opimme näin värikkääseen elämäntapaan. Tiiviin rakentamisen vastapainona ovat meri ja tuleva rantapromenadi sekä hienot lähimetsät.

Jotain muutakin kuin kaupunkisuunnittelu ja uusien kaupunginosien tyyppi on muuttunut kuudessakymmenessä vuodessa. Kun olimme muuttaneet Kruunuvuorenrantaan, ovikelloamme soitettiin. Siellä ei kuitenkaan ollut seurakunnan pastori, vaan lukkoliikkeen mies, joka tarjosi meille hankittavaksi oven turvalaitteita. Hän piti tärkeänä turvaketjua, jonka voi panna päälle, jos ovisilmästä näkyy tuntematon ovikellon soittaja.

Me häiriköt

Saimme vuokra-asunnon Itäväylän varrelta Kulosaaresta 1970-luvun puolivälissä. Talossa asui monia iäkkäitä rouvia, jotka tunsivat talon säännöt. He olivat sitä mieltä, että talo muuttuu slummiksi kun sinne muuttaa lisää lapsia. Ja meidän perheemme kasvoi. Erityisen tarkasti nämä rouvat valvoivat kuivatusaikojen noudattamista pihan pyykkitelineissä. Sain asiasta huomautuksia ja kerran löysin pyykkinarumme puskasta, jonne se oli viskattu. Olin kiireessä hakenut vauvan pyykit kesäsateen yllätettyä, mutta jättänyt narun. Kun kysyin miksi naru pitää ottaa pois jos tarkoituksena on tuoda pyykkiä heti sateen jälkeen, minulle kerrottiin että telineiden pitää saada välillä levätä. Siksi kuivatusaikoja pitää noudattaa tarkasti.

Viisihenkiseksi kasvanut perheemme muutti Länsi-Pasilaan kymmenen vuoden kuluttua. Muutaman viikon kuluttua muutosta saapui naapurin mies alakerrasta ovellemme. Hän kysyi, haluammeko tarkoituksellisesti terrorisoida hänen aamupäiväuniaan. Vakuutin, että olemme asiallinen perhe, mutta kerrostalossa elämä ei ole äänetöntä ja lapsiperheessä leikit ovat aina käynnissä. Onneksi mies perheineen ymmärsi muuttaa melko pian omakotitaloon, mutta minä opin että meitä pidetään häiriköinä.

En kuitenkaan ollut huolissani saamastamme häirikön leimasta, sillä olen aina tiennyt lapsiperheitä vaarallisemman ryhmän: nuoret. Aina kun uusi kaupunginosa tai taloryhmä rakennetaan, alueelle tulee nuorisoa, josta pitää olla huolissaan. Jo lapsena kuulin peliluolasta Munkkiniemessä, jossa nuoret miehet lyövät korttia, ja levottomasta nuorisosta Munkkivuoren tornitaloissa. Ennen ongelmaa käsiteltiin kahvipöydissä, mutta uutena aikana on uudet välineet varoituksille.

Kaupunginosilla on nykyään omia fb-ryhmiä. Niissä on hyödyllisiä tietoja ja vinkkejä, mutta myös hyvää tarkoittavia käyttäytymisohjeita ja varoituksia. Varoitukset ja hälytykset koskevat useimmiten nuorisoa ja heidän toimintaansa.

Kun olimme muuttaneet Kruunuvuorenrantaan ja aloitin kaupunginosan fb-ryhmän postauksien lukemisen, minulla heräsi huoli. Miten minunlaiseni hitaasti ja arvokkaasti kävelevä herrahenkilö selviää uudessa kaupunginosassa, jossa liikkuu vaarallisia nuorisoryhmiä ja jossa autokin voi olla uhattuna parkkihallissa. On iloinen asia, että olen selvinnyt mainiosti kuukaudesta toiseen.

Putket ja siluetti

Edellisen sukupolven monilla herrahenkilöillä oli hyviä harrastuksia. He siirtyivät päivällisen jälkeen tutkimaan ja järjestelemään perhos-, kasvi-, postimerkki- tai rahakokoelmiaan. Oma isäni selvitti papiston ikärakennetta ja sen kehitystä sekä toimi pappismatrikkelin toimituskunnan puheenjohtajana. Enoni puolestaan tutki ratsuväkeä, kunniamerkkejä sekä suku- ja henkilöhistoriaa.

Minäkin kuvittelin tulevani mieheksi, jolla on hyvä harrastus. Elämä ohjasi minut kuitenkin paljon edellistä sukupolvea käytännöllisemmän hobbyn pariin: lajittelemaan ja pesemään viisihenkisen lapsiperheen pyykkiä työpäivien jälkeen. Harrastus oli minulle kuitenkin hyvin mieluinen, ja urheileva nuoriso takasi haastavat pyykkikasat. Saatoin kadota kylpyhuoneen hiljaisuuteen lajittelemaan ja käyttämään pesukonetta. Seurasin tarkasti pesu- ja tahranpoistoaineiden uutuuksia. Kotimme viihde-elektroniikka oli vaatimatonta ja laitekanta vanhanaikainen. Pesutorni oli kuitenkin toista maata: parasta saksalaista laatua.

Kun lapset muuttivat pois kotoa jo vuosia sitten, alkoi harrastukseni hiipua samaan tahtiin kuin pyykin määrä. Lajittelin ja pesin toki pyykit edelleen, mutta ilo katosi, eikä kylpyhuone ollut enää oman hobbyn ja rauhan tyyssija. Harrastus oli muuttunut arkisen harmaaksi kotityöksi.

Jätteiden lajittelu on lisääntynyt merkittävästi parina viime vuosikymmenenä, ja minusta on tullut tarkka ja huolellinen jätteen lajittelija. Olen kuitenkin havainnut, että itseeni on kehittynyt lajitteluvääpelin piirteitä, joista kotona ei ole aina pidetty.

Kruunuvuorenrannan jätehuollossa on moderni ja innovatiivinen putkikeräysjärjestelmä, josta olen melkoisen innostunut. Jätteet sujahtavat hetkessä – 70 km tuntinopeudella – maanalaista putkistoa pitkin keräysasemalle, josta ne jatkavat eteenpäin kuorma-autoilla. Jäte hyödynnetään uudelleen kierrätettävänä raaka-aineena, poltettavana energiana tai biokaasuna.

Mikä on minun roolini? Lajittelen ensin kotona asianmukaisesti sekajätteen, biojätteen, paperin, kartongin ja muovipakkaukset, sitten sujautan jätteet lajeittain talomme uloskäynnin luona olevien keräyspisteiden avautuvista luukuista vauhdikkaalle matkalleen. Kätevää, siistiä ja hajutonta. Metallin, lasin ja suuret pahvit vien perinteiseen jätehuoneeseen viereisessä parkkitalossa. Yli kolmen kuukauden kokemuksella voin todeta, että putkikeräys on sujunut täysin moitteettomasti, vaikka lehdet varoittivat putkien tukkiutumisesta ja keräyspisteiden viereen keräytyvistä haisevista roskapusseista. Niitä ei ole näkynyt.

Roskien viemisestä on muodostunut minulle päivien kohokohta. Asuntomme ikkunoista ei näy merelle, mutta talon nurkalta voin katsella kaupungin siluettia. Roskiksen viennin jälkeen käyn aina katselemassa Tuomiokirkon ja Uspenskin katedraalin torneja Kruunuvuorenselän vastarannalla. Nämä pienet hetket ovat yleviä ja kohottavia arjen keskellä.

Zatopekinpolku

Uudesta kotitalostamme on muutaman sadan metrin matka kallioiseen metsään, jonka keskellä on lumoava metsälampi, Kruunuvuorenlampi. Tunnelma lammen rannalla muistuttaa kesäisin satujen maailmaa. Lampea reunustaa Zatopekinpolku, joka on saanut nimensä suurjuoksija ja olympiasankari Emil Zatopekin mukaan.

Kun pyöräilimme lasten kanssa ensimmäisen kerran Kruunuvuoreen 1980-luvun alkupuolella, olivat vanhat puuhuvilat vielä pystyssä ja niissä vietettiin kesää. Mieleen jäivät kuitenkin erityisesti lampi ja hyvin korkeat mäet. Onneksi olimme nuoria ja jaksoimme polkea eteenpäin lapset tarakalla.

1900-luvun alkupuolella Kruunuvuoreen ja sen eteläpuolelle Haakoninlahdelle oli syntynyt herrasväen huvilayhteisö. Haakoninlahden huviloiden historia on lyhyt, sillä ne saivat väistyä jo 1920-luvulla öljysataman tieltä. Villa Kissingen isäntä, Helsinkiin asettunut saksalainen liikemies Albert Goldbeck-Löwe, myi öljy-yhtiölle osan ostamistaan alueen maista. Kruunuvuoressa huvilaelämä jatkui sen sijaan koko vuosisadan, vain kesänviettäjät vaihtuivat täysin kaksi kertaa ensimmäisten asukkaiden jälkeen. Toisen maailmansodan päättymiseen asti Kruunuvuoren puuhuviloissa vietti kesiään herrasväki – monet olivat Helsingissä asuvia saksalaisia. Kun sota päättyi Saksan häviöön, kaikki Saksan rajojen ulkopuolella ollut saksalaisten omaisuus takavarikoitiin. Näin Kissingen huvila-alue siirtyi uudelle omistajalle, Neuvostoliitolle.

SKP:n työntekijät perustivat Kissingen saaritoimikunnan, joka vuokrasi alueen ja huvilat Neuvostoliitolta heidän perheidensä ja sukulaistensa kesänviettoa varten. Kesät Kruunuvuoressa täyttyivät – niin kuin koko vuosisadan ajan – uimisesta lammessa ja meressä, veneilystä, kalastamisesta, kauppareissuista, seikkailuista metsässä ja kallioilla sekä nyt myös lentopallosta. Villa Kissingestä tehtiin kerhotalo ja vieraiden majoitustila. Kommunistiperheiden kesäparatiisi päättyi yhdeksän vuoden jälkeen, kun liikemies Aarne J. Aarnio osti alueen vuonna 1955.

Puuhuviloihin muutti kommunistien jälkeen Aarnion Palkkiyhtymän työntekijöitä ja sotatovereita perheineen. Aarne J. Aarnion, josta tuli myöhemmin vuorineuvos, tarkoituksena ei ollut ylläpitää huvilayhteisöä, vaan rakentaa alueelle taloja. Jos hänen suunnitelmansa olisivat toteutuneet, olisi metsä kaadettu suurelta osin, lammen rantaan rakennettu matalia terassitaloja ja niiden sivuille ja taakse korkeita kerrostaloja. Aarnio ei monista yrityksistä huolimatta saanut koskaan rakennuslupaa kaupungilta. Ratkaisu oli huono vuorineuvoksen liiketoimien kannalta, mutta minulle ja muille kaupunkilaisille jäivät villi metsä, lumoava lampi ja jyrkät kalliot. Huvilat kuitenkin rappeutuivat ja tuhoutuivat lopulta kokonaan huollon puutteen vuoksi.

Kissingen saaritoimikunta kutsui Helsingin olympialaisten aikana vuonna 1952 Emil Zatopekin vierailemaan Kruunuvuoressa, jossa hän juoksi näytösluontoisesti ympäri lammen. Minulla on vanhempi ystävä, joka vietti kesiään 1940- ja 1950-luvuilla huvilayhteisössä. Hän on kertonut minulle nähneensä Zatopekin juoksun. Minulle metsälammen ympäristöstä näyttää tulevan vanhuuden kävelyretkien kohde. Niin taianomainen maisema on, että pelkään koetun ja kerrotun sekoittumista. Saatan hyvinkin aikanaan vanhainkodin kahvihuoneessa kertoa käyneeni aamu-uinneilla Kruunuvuorenlammessa ja nähneeni Zatopekin juoksevan sen ympäri.

Hetkeni julkisuudessa

Jokaisella on hetkensä julkisuudessa. Minulle tämä sattui varhain, vuonna 1966, jolloin toin nuorison äänen Levyraatiin. Olen myöhemmin lukenut, että Levyraadilla oli parhaimmillaan 1960-luvulla kaksi miljoonaa katsojaa eli puolet enemmän kuin tv-uutisilla nykyään. On myös huvittavaa, että Levyraadin uudet vakiohahmot Klaus Järvinen ja Pirkko Liinamaa tulivat kehiin vasta kymmenen vuotta minun jälkeeni. Tein tosin vain yhden ohjelman mittaisen vierailun, mutta nuoruudessa oli niin monenlaista kiinnostavaa tekemistä, että Levyraatiin ei olisi kannattanut jumiutua. Toisaalta, ei minulle vakiojäsenyyttä tarjottu.

Vasta kahdenkymmenen vuoden kuluttua suuresta julkisuusdebyytistä tein 1980-luvun lopulla pienen hyppäyksen showbisnekseen: olin keikalla ravintola Stansvikissa Kari "Klabbi" Tapion kanssa. Meillä ei tietenkään ollut Levyraadin kaltaista miljoonayleisöä, mutta tupa oli kuitenkin täynnä.

Palvelin 1980-luvulla lyhyen jakson Helsingin kaupungin ammattiopetusviraston tiedotussihteerinä.

Virastopäällikkö kutsui minut luokseen ja antoi tehtävän: minun tuli toimia ammattikoulujen henkilöstön pikkujoulun puuropuheen pitäjänä sekä illan juontajana ja siis showisäntänä. Hän kai arveli, että tiedotussihteerin täytyy olla luontaisesti hauska supliikki- ja showmies. Joku muu kuin virastopäällikkö oli tilannut bändin.

Matkasimme pimeässä illassa tilausbusseilla Laajasalon perukoille. Stansvikin kartanon maille on rakennettu paviljonkimainen ravintola, jossa pikkujoulu pidettiin. Puuropuhe meni hyvin – minulla on selkeä ja kuuluva ääni –, ja osasin juontaa Kari Tapion ja hänen orkesterinsa jouhevasti sisään. En tiedä millaisessa vaiheessa Kari Tapion ura oli, mutta vaikka orkesteri oli hyvin pieni, he osasivat mainiosti tehtävänsä bilebändinä eri ikäluokista koostuneelle juhlaväelle. Tanssitauoilla me showmiehet, Klabbi ja minä, kävimme ulkona tupakalla ja puhuimme mukavia. Jälkeenpäin virastopäällikkö oli hyvin tyytyväinen suoritukseeni; hän piti minua lupaavana esiintyjänä.

Tähän päättyi kuitenkin urani showbisneksessä ja aika pian siirryin myös muualle tiedotustehtävistä. Minusta kehittyi asiallisten asioiden parissa ahertava harmaa virkamies, jonka virkatoimissa ei ollut juuri mitään lystikästä.

Ravintola Stansvik on edelleen voimissaan, ja kävimme siellä aika ajoin lounaalla jo ennen muuttoamme Kruunuvuorenrantaan. Alue on kaunis: kartano ja sen rakennukset sijaitsevat niemellä ja meri ympäröi aluetta. Kaupunki osti kartanon ennen sotia ja vuokrasi sen työntekijöiden ammattiyhdistykselle 1940-luvulla. Alueella on myös kaupungin työntekijöiden kesämajoja. Ravintola on auki keväästä syksyyn.

En ole huomannut Kruunuvuorenrannan suunnitelmissa varausta vanhusten palvelukeskukselle, jossa voisimme käydä syömässä maittavia lounaita. Ehkä Ravintola Stansvikista tulee meille sellainen: monipuolisia ja terveellisiä aterioita, parinkymmenen minuutin reipas kävely kotoa ravintolaan kauniissa luonnossa ja kohtaamisia suuressa salissa monenikäisten ihmisten kanssa.

Ampu tulee!

Kotiimme kuuluvat arkisin pitkin päivää ensin hälytysäänen ujellus ja sitten kunnon jysähdys. Kaupungin miehet Staralta räjäyttävät Koirasaarentien toisella puolella kalliota. He valmistelevat Kruunuvuorenrannan tieverkon rakentamista ja Koirasaarentien jatketta kohti rantaa ja tulevaa siltaa. Raitiovaunu kulkee tätä reittiä Hakaniemeen. Muistan miten muiden pikkupoikien kanssa seurasin innokkaana 1950-luvulla räjäytyksiä työmailla. Runsaassa kuudessakymmenessä vuodessa olen ehtinyt unohtaa huusiko räjäytystöiden päällysmies todellisuudessa legendaarisen varoituksen: "Ampu tulee!" Yhtä asiaa ihmettelen. Kallionlohkareiden lentäminen räjäytyksissä estetään myös nykyään suurista halkaistuista kumirenkaista kootuilla peitteillä. Ne ovat täsmälleen samanlaisia kuin kuusikymmentä vuotta sitten. On ilmeisesti olemassa jotain muuttumatonta. En tunne lainkaan räjäytystekniikkaa enkä kallionlouhintaa, mutta kehitys ei näytä kehittyneen ainakaan tässä kysymyksessä. Ei mitään hybridipeitteitä, vaan luja musta kumipeite, joka tepsii kallionlohkareisiin. Kallioita louhitaan alueella, jossa sijaitsi öljysatama melkein sata vuotta. Minulla ei ole mitään syytä kaivata vanhaa öljysatamaa Haakoninlahden rannassa. En myöskään kaivannut koskaan Herttoniemen öljysatamaa, jonka paikalle rakennetulla alueella asuimme melkein viisitoista vuotta. Kaupunki elää ja muuttuu; onneksi rannat varataan nykyään kaupunkilaisten käyttöön. Kun ampu tulee, toivon kuitenkin että kalliosta ei nirhaista yhtään liikaa.

Keski-iässä olin sitä mieltä, että ei ole järkevää muuttaa kaupunginosaan, jossa kaikki on vielä tekeillä ja tuloillaan. Olen joutunut tarkistamaan kantaani. Elämän ehtoopuolella tapahtuu niin vähän, että kaiken uuden seuraaminen on jännittävää. Perusasiat ovat onneksi Kruunuvuorenrannassa sillä lailla kohdallaan, että minulla ei ole ongelmia. Bussipysäkki on vieressä ja bussit kulkevat usein. Usean kassin ruokaostokset hoidan autolla Herttoniemessä tai Laajasalon ostoskeskuksessa. Pääsen kävelemään lähimetsiin ja meren rantaan.

Yritän tavoittaa uudessa kaupunginosassani pojan innokkuutta ja kiinnostuneisuutta. Mihin taloon Haakoninlahden kortteleissa tulee ensimmäinen kioski, kauppa ja kebab-pizzeria? Tuleeko kaupungin lupaama keskustaan kuljettava moderni ympärivuotinen lautta varmasti kesällä 2023? Minkälainen on Helsingin ensimmäinen kaupunkibulevardi, joka rakennetaan Laajasalon nelikaistaisen moottorikadun tilalle? Pääsenkö pian katsomaan uuteen liikuntapuistoon kuinka tytöt ja pojat pelaavat?

Haakoninlahdella kadonnut uistin

Perhetuttavamme asui poikavuotensa Kulosaaressa. Hän kävi usein kalastamassa isänsä kanssa Haakoninlahdella. Eräällä kalastusreissulla hänen paras uistimensa juuttui kiinni ja katosi lopullisesti. Siitä lähtien ystävämme on surrut kadonnutta uistinta.

Kun muutimme Kruunuvuorenrantaan, hän pyysi minua katselemaan rantakivien välissä kimaltelevaa uistinta. Lupasin ilman muuta tehdä näin, sillä kadonnut uistin toisi taatusti hänelle takaisin myös lapsuuden loistavan kalaonnen. Sanoin että etsintään voi kuitenkin kulua aikaa. Juuri nyt rannoilla myllätään ja olosuhteet etsinnälle eivät ole parhaat mahdolliset. Voi tosin käydä niin, että tässä mylläyksessä uistin tulee esiin piilopaikastaan.

Haakoninlahti (Håkansvik) on vanha kalastusalue. Nimellä ei ole mitään tekemistä Norjan kuningashuoneen kanssa, nimen tausta on arkisempi. Helsingin pitäjän sisämaan kylille myönnettiin nautintaoikeuksia saariston kala-apajille mm. päivätöitä ja saalisosuuksia vastaan. Satamapaikoista Håkansvik oli määrätty Hakunilan (Håkansböle) kylän apajaksi.

Helsingin kaupunkisuunnittelussa on viime vuosikymmeninä tapahtunut huomattava muutos: uusien kaupunginosien rannat ja rantaraitit rakennetaan hyvään kuntoon. Ja aika usein rantojen taloihin tulee myös ravintoloita. Herttoniemenrannassa kuljimme oikeastaan päivittäin rantaa pitkin Tuorinniemen uimarannan ohi Herttoniemen kartanon puistoon. Vielä 1950- ja 1960-luvuilla asia toisin: rannat olivat usein jättömaata. Lapsuudenkodistani Munkkiniemessä oli kivenheiton mittainen matka merenlahdelle. Rannalla oli laitureita moottoriveneille, mutta enimmäkseen rannassa kasvoi vapaana kaislikko. Kun kevät eteni, kulkivat puliukot Riihitietä korkeaan kaislikkoon, jossa he saattoivat piilossa katseilta viettää rauhallisia ja aurinkoisia kevätpäiviä.

Kruunuvuorenrantaan rakennetaan kuuden kilometrin mittainen rantareitti, joka toteutetaan vaiheittain. Tänne on tulossa myös kolme venesatamaa. Hetkessä ne eivät ole valmiita, mutta jaksan odottaa. Luulen, että menee joitain vuosia ennen kuin voin istua kesäiltoina terassilla meren äärellä nauttimassa kuivaa valkoviiniä ja etsiä katseellani kivikosta ystäväni kadonnutta uistinta.

Perhetuttavamme, jolta uistin katosi, on antanut meille myös toisen tehtävän. Perheellä on kesäpaikka Pohjois-Pohjanmaalla Kiiminkijoella, rouva on syntyisin Oulusta. Aikaisemmin tilan omisti vanha rovasti, joka käyskenteli piha-alueella ajan tavan mukaan vaaleassa kesäpuvussa. Hänen solmioneulansa, jossa oli aito helmi, oli pudonnut kasvimaalle. Solmioneulaa on etsitty vuosikymmeniä, mutta joka kesä ystävämme kehottavat meitä tarkkaavaisuuteen. Jospa solmioneula löytyisi tänä kesänä. Olisin iloinen jos voisin palkita vieraanvaraisen isäntäväkemme arvokkaalla muinaismuistolla.

Kotia rakennetaan

Muutimme ensimmäiseen omaan asuntoon Länsi-Pasilaan vuonna 1984. Talo valmistui jouluksi, mutta saatoimme seurata pitkään rakentamista. Vielä tuohon aikaan turvallisuusmääräykset olivat löysät: työmaalle, rappuun ja asuntoon pääsi kävelemään ilman esteitä.

Pyöräilimme usein lauantaisin lasten kanssa tutkimaan uutta taloa ja asuntoa. Kiipesimme portaita kuudenteen ja saatoimme siellä katsoa mihin huoneet sijoittuvat ja mihin kukin meistä muuttaa asumaan.

1980-luvun puoliväli ei ollut rakentamisen laadun kulta-aikaa tai sitten meille sattui poikkeuksellisen huono rakentajaonni. Palelimme ensimmäisenä yönä vaimon kanssa, koska parvekkeen ovi oli asennettu täysin väärin. Muutaman viikon kuluttua alkoi asunnon pitkäaikainen vaiva: makuuhuoneen katto vuosi, vaikka sitä korjattiin kerta toisensa jälkeen. Ja lopulta talon putket oli uusittava jo kahdenkymmenen vuoden käytön jälkeen.

Vaikka nämä rakennustekniset ongelmat raivostuttivat aikoinaan, muistelen runsasta kahtakymmentä vuotta Länsi-Pasilassa lämmöllä. Talon sijainti kantakaupungin vieressä oli erinomainen, asunnon pohja mainio viisihenkiselle lapsiperheelle, Keskuspuisto sijaitsi vieressä ja keittiön ikkunasta näkyi Stadikan torni. Työtä ja touhua riitti, mutta myös lasten ja vanhempien energiaa.

Kun muutimme vuonna 2020 vanhuudenkotiin Kruunuvuorenrantaan, ei ollut tietoakaan seikkailuista rakennustyömaalla; kaikki vierailut työmaalla oli kielletty jyrkästi. Vastapainoksi talon esite oli kattava ja korkeatasoinen. Erityisen hauskaa oli saada joka perjantai rakennusyhtiön työmaainsinöörin Hannu-Petterin sähköpostiviesti kuvineen, jossa hän esitteli rakentamisen edistymistä. Meille muodostui uusi rytmi viikonloppuihin: ensin perjantaina HP:n raportti ja kuvat ja sitten lauantaina kauppareissulla koukkaus Kruunuvuorenrantaan, jossa tutkiskelimme valmistuvaa taloa aidan takaa eri näkökulmista.

Nyt on jo takana yli vuosi uudessa kodissa, emmekä ole havainneet rakennusvirheitä. Pari pientä juttua on korjattu, mutta nekin nopeasti. Lisäksi rakennusliikkeen miehet olivat mukavia ja auttavaisia kun teimme tunnin mittaista vastaanottotarkastusta. Ja heihin on saanut yhteyden mutkattomasti. Samaa ei voi sanoa pankeista, joiden kanssa jouduin olemaan yhteydessä kun muutimme.

Tämä on ensimmäinen asunto, johon olemme ostaneet uusia huonekaluja muuttaessamme. Tähän asti olemme selvinneet Etelä-Helsingin ja Töölön vinttien aarteilla. Ne ovat olleet toki kauniita, mutta raskaita, tummia ja isokokoisia, jotka eivät sovi uuteen minimalistiseen kotiin. Vaikka suurin osa näistä vinttien aarteista on lähtenyt jatkamaan kiertoaan, jotain on aina hyvä säilyttää. Kodissamme löytyi paikka laiskanlinnalle, jossa äiti luki koulutyttönä romaaneja, ja isoisän arkistokaapille, jonka hän teetti poikamiesboksiinsa toimiessaan kruununnimismiehenä Jaalassa Venäjän vallan aikana.

Karsinta on ankaraa ja vaativaa työtä. Huonekalujen, taulujen, kirjojen ja arkistojen karsinta ei ole kuitenkaan jättänyt vammoja sieluun. Itse asiassa olo on nyt keveämpi kuin aloittaessamme seulontaa vanhassa ja suuremmassa kodissamme Herttoniemenrannassa. En kuitenkaan yritä leikkiä täydellistä: meillä on jäljellä Pelicanista vuokrattu pieni varasto, koska asuntoomme kuuluvaan alakerran kanakoppiin ei mahdu juuri mitään.

Ensimmäinen kaupunkibulevardi

Minulla on lämmin ja nostalginen suhde bulevardimaisiin puistokatuihin. Lapsuuteni ja nuoruuteni tärkein katu oli Munkkiniemen puistotie, jota pitkin kuljin Timon ja Karin kanssa Laajalahdentien kansakouluun, ja jonka varrella sijaitsi viimeinen lapsuudenkotini.

Munkkiniemen puistotie oli kaunis ja elävä katu 1950- ja 1960-luvuilla, jonka varrelta löysi melkein kaiken tarvitsemansa. Puistotien keskellä kolisi nelosen raitiovaunu, kiskojen vierellä sijaitsivat hiekkakäytävät ja lehmusrivistöt sekä laitimmaisena asvaltoidut autotiet ja jalkakäytävät. Katua reunustavien talojen kivijaloissa oli liikkeitä joka lähtöön: elokuvateatteri, valokuvausliike, pankkeja, parturi, lyhyttavaraliike, kahviloita, kemikalio, elintarvikekauppoja, kukkakauppa, paperikauppa sekä varmaan muutakin. Ja myös kirkkoherranvirasto.

Kävin oppikoulun viidettä kun muutimme isän viimeiseen virka-asuntoon toiseen Munkkiniemen porteiksi kutsutuista korkeista taloista. Ne tuntuivat aikoinaan melkein pilvenpiirtäjiltä. Asuntomme sijaitsi seitsemännessä kerroksessa ja sieltä näki kolmeen ilmansuuntaan. Asuin pienessä huoneessa keittiön takana, josta katselin lehmuksia ja raitiovaunuja kaikkina vuodenaikoina.

Helsingin kaupunkisuunnittelun uusiin perusideoihin kuuluu sisään- ja ulostulokatujen muuttaminen kaupunkibulevardeiksi. Ne ovat varmaan kovin erilaisia kuin nuoruuteni Munkkiniemen puistotie, mutta vasta aika näyttää millaisiksi ne muodostuvat.

Ensimmäistä uuden ajan kaupunkibulevardia on alettu rakentaa Laajasalontielle, joka on ollut tähän asti moottorikatu, eräänlainen köyhän miehen lyhyt moottoritie, jolla autoilijat ovat nostaneet nopeuttaan. Suunnitelmien mukaan Laajasalontiestä tulee entistä viihtyisämpi katu, jota käyttävät jalankulkijat, pyöräilijät, bussit, autot ja myöhemmin raitiovaunut. Katupuita istutetaan rivistöt pyöräteiden ja autokaistojen väliin sekä raitiotien molemmin puolin.

Työt alkoivat maaliskuussa 2021 ja katutyön pitäisi olla valmis loppuvuonna 2022. Tätä katutyötä seuraan melkein joka päivä, kun kuljetan taito- ja muodostelmaluistelijoita eri jäähalleille. Toistaiseksi autoilijoiden meno kolmenkympin alueeksi muuttuneella katualueella on pysynyt kohtuullisena, enkä ole törmännyt liikenneraivoon tai yltiöpäisiin kiihdytyksiin.

Olen huomannut, että iän myötä ympyrät kutistuvat ja aika moniin uuden maailman asioihin alan suhtautua lievällä välinpitämättömyydellä. Kalasataman pilvenpiirtäjiä kohtaan minulla ei ole voimakkaita tunteita, tuntuu kuin ne eivät enää kuuluisi minun maailmaani. Kruunusiltoihin ja sen päällä kulkevaan raitiovaunulinjaan, vesiliikennereitteihin Kruunuvuorenrannasta keskustaan ja Laajasalon uuteen puistokatuun sen sijaan suhtaudun suurella harrastuneisuudella ja kiinnostuksella, sillä ne vievät minut suureen maailmaan niin kuin ennen nelosen raitiovaunu Munkkiniemen puistotieltä.

Onnellinen mies

Viisitoista vuotta sitten teimme parin viikon kier-tomatkan Italiassa. Tutustuimme myös Venetsiaan ja asuimme Lidon saarella. Tämän takia käytimme vierailun aikana paljon vaporettoja. Muistan viileät kevätaamut, jolloin kohtasin vaporettoilla venetsia-laisia virkamiehiä, jotka popliinitakissa ja salkku kädessä matkasivat virastoihin töihin. Tajusin välit-tömästi, että ei ole vesiliikennettä parempaa tapaa matkustaa töihin.

Vanhassa kotikaupungissani Tukholmassa olen talvimatkoja lukuun ottamatta sisällyttänyt aina oh-jelmaan laivamatkan sopivaan kohteeseen. Tukhol-massa vesiliikenne on jatkunut ja voinut hyvin kaikki modernisaation vuosikymmenet, ehkä hienosta saaristosta johtuen. Viimeisellä kesämatkalla ennen koronaa teimme retken legendaarisella Norrskär-saaristolaivalla Vaxholmiin. Saaristolaiva kuljetti sekalaista seurakuntaa: fiinejä tukholmalaisia kohti huvilaa, mutta myös muutamia parempia päiviä näh-neitä miehiä, jotka vahvistivat aamulla oloaan retki-leivillä ja oluella. Miehet olivat matkalla saaristoon kalaan. Me puolestamme teimme laivamatkan vain saariston kauneuden ja hyvän lounaan vuoksi. Kun muutimme meren rannalle Kruunuvuorenrantaan, minulla oli selvä toive: tänne pitää saada pian vesiliikennepysäkki. Olen iloinen, että toiveeseeni on vastattu jo tänä kesänä. Alkukesästä liikennöi vesibussi Kauppatorille ja kesäkuun puolivälistä lähtien Hakaniemeen sekä Lonnaan, Vasikkasaareen ja Vallisaareen. Lisäksi kaupunki suunnittelee ympärivuotista sähkölauttaa, joka kulkisi aamusta iltaan puolen tunnin välein Kruunuvuorenrannan ja keskustan väliä.

Tänään matkustin kaupungille kello yhdeksän vesibussilla. Panin päälle kaupunkivaatteet ja otin mukaan salkun, vaikka siellä ei ollut kuin aurinkolasit ja nenäliinoja. Istuin yläkannella ja haistelin Kruunuvuorenselän meri-ilmaa. Matkalla kohtasimme vesibussin isoveljen – Suomenlinnan huoltolautan matkalla Katajanokalle. Minut täytti vajaan kahdenkymmenen minuutin merimatkan aikana raikas ja onnellinen olo. Ja Helsingin monumentaalikeskustan lähestyminen mereltä sykähdyttää minua aina.

Eilen vaimoni kysyi mitä asioita lähden toimittamaan kaupungille. Sanoin että menen kaupungintalolle kertomaan pormestarikunnalle kokemuksistani ja näkemyksistäni vesiliikenteen kehittämisestä kasvavassa metropolissa sekä merellisten työmatkojen virkistävistä ja terapeuttisista vaikutuksista kaupunkilaisille. Hän kielsi jyrkästi ja sanoi etten pääse aulan vahtimestareita pitemmälle. Ja jos sattuisin pääsemään, vaikeuttaisi huru-ukon selonteko vain sähkölauttaa koskevan päätöksen tekemistä.

Menin siksi Kauppatorilla vain lähimpään kahvilaan ja tilasin maitokahvin ja syntisen Eromangan lihapiirakan. Ehkä näin oli hyvä, sillä kun odotin iltaan asti, oli kaupunginhallitus tehnyt päätöksen sähkölautasta Kruunuvuorenrannan ja keskustan välillä. Siihen ei tarvittu minun myötävaikutustani.

Ensin oli pysäkki

Kun ystäväni perhe Tampereella kasvoi 1970-luvulla, he muuttivat ydinkeskustan kolhoosiasunnosta uuteen Hervannan kaupunginosaan. Matkustin sinne katsomaan kummityttöä. Hervannassa oli korkeita kerrostaloja ja bussipysäkki. Seuraavana päivänä lähdimme tekemään ruokaostoksia kauppa-autolle, kauppoja ei vielä ollut.

Bussipysäkki oli ensimmäinen ja ainoa julkinen palvelu Kruunuvuorenrannassa kun muutimme kaupunginosaan. Lehdet kirjoittivat, että asumme pussinperällä ja että meidän on vaikea päästä palvelujen ääreen. Se ei ollut totta; itse asiassa olin yllättynyt bussien tiheistä vuoroväleistä ostoskeskukseen ja metroasemalle. Ja minulla ei ollut pienintäkään hätää tavarankuljetuksissa: omistan auton ja sillä on paikka parkkitalossa talomme vieressä.

HOK-Elanto oli avannut Alepan myymälän kaupunginosaan ennen muuttoamme, mutta en oikein osaa pitää sitä lähikauppana, koska sinne on vartin kävely tai kolme pysäkinväliä. Oletin, että hyvin pian uusiin kortteleihin saadaan pizzeria, mutta näin ei käynyt. Hervantaan tuli 1970-luvulla säännöllisesti kauppa-auto, Kruunuvuorenrantaan tulee puolestaan nyt yhtä säännöllisesti hampurilais- ja makkara-autoja tarjoamaan katuruokaa.

Toinen julkinen tila, jonne pääsin, on öljysäiliö 468. Kruunuvuorenrantaan on jätetty kaksi öljysäiliötä, joista toisen seinään on porattu reikiä, mikä tekee siitä tarvittaessa valotaideteoksen. Öljysäiliön sisätila on avoin ja lattia betonia, joten se voi toimia kulttuuritapahtumien näyttämönä.

Kesäkuun alussa 2021 näin ja koin siellä Raekallio Corp. -ryhmän tanssiteoksen Uraanilamppu. Teos oli immersiivinen (moniaistinen; olen oppinut tämän sanan merkityksen nuorelta näyttelijättäreltä) ja fyysistä mielenteatteria. Esitys oli vangitseva, raju ja absurdi. Kesti vähän aikaa ennen kuin katsoja tempautui esityksen tapahtumien ja tekstin virtaan, mutta sitten olikin menoa.

Lähellemme valmistuu moderni päiväkoti, mutta sen valmistuminen ei juuri vaikuta elämäämme. Toki voimme jatkossa katsella suurella pihalla leikkiviä lapsia, mikä on aina tavattoman hauskaa.

Korttelimme avataan pizzeria-kahvila. En ole mikään suuri pizzan ystävä, mutta pizzerian avautuminen on kuitenkin huomattava tapaus uudessa kaupunginosassa. Enää ei tarvitse syödä kadulla vaan pääsee sisätiloihin pöydän ääreen.

Tamperelainen ystäväni on muuttanut toisen kerran keskustasta Hervantaan. Me ikääntyneet ihmiset haluamme rauhallisia kävelyitä luonnossa enemmän kuin kaupungin sykettä. Mutta myös Hervanta on muuttunut: sinne matkustetaan raitiovaunulla ja siellä sijaitsee maineikas pizzeria.

Kesä uimarannalla

Itään avautuvassa asunnossamme on aamupäivisin tukahduttavan kuuma helteellä. Siksi olemme helle-päivinä lähteneet kohta herättyämme uimaan Laaja-salon uimarannalle. Olemme kävelleet läpi metsän hiekkarannalle ja etsiytyneet penkille, joka on var-jossa suuren männyn alla. Rannalla on rauhallista aamupäivisin, paikalla on pieniä tenniskoululaisia ohjaajineen, isovanhempia lapsenlapsineen ja sa-tunnaisia nuoria aikuisia.

Laajasalon uimaranta on minulle sopiva. Rannalla on pitkään matalaa ja voin tehdä erilaisia voimiste-luliikkeitä vedessä polvillani. Virkistäydyn ja voimis-telen. En ole koskaan ollut taitava uimari ja sain poi-kana suoritettua vain rimaa hipoen uimakandidaa-tin tutkinnon uimarannalla, uimamaisterin tutkinto oli minulle aivan liian vaativa. Ihoni ei ole myöskään koskaan kestänyt auringonottoa rannalla, olen siksi pysyvästi vaalea mies. Muistan miten minulle nau-reskeltiin lomamatkalla Ruotsissa vajaat kolmekym-mentä vuotta sitten, kun menimme kesken automat-kan vilvoittelemaan uimarannalle. Ruotsalaiset pojat huutelivat minulle tässä rusketusaddiktien maassa: "Katsokaa tuota valkoista miestä!"

Rannan penkillä ajattelen usein lapsuuden ja varhaisnuoruuden rantoja, Munkkiniemen uimarantaa ja Kivisaarta. Lapsuuden Munkkiniemi hiljeni kesäisin kun ihmiset – valitettavasti myös useimmat kaverit – lähtivät huviloille. Uimarannalla kokoontuivat ne harvat, jotka jäivät kaupunginosaan.

Kivisaaressa, silloisessa Johanneksen seurakunnan kesäkodissa, vietin kesäisin vaihtelevia jaksoja pikkuvauvasta rippikouluikään. Ensin isän kanssa ja jo varhaisteinistä lähtien yksin. Katselin merta, uin ja heittelin koripalloa, mutta erityisesti tarkkailin ja kuuntelin minua vanhempien nuorten puheita ja tekemisiä. Kivisaaren kautta Helsingin itäinen saaristo jäi minulle kesäiseksi perusmaisemaksi, siksi katselen sitä nytkin mielelläni Laajasalon uimarannan puupenkiltä.

Maailma on mennyt eteenpäin: Laajasalon uimarannalla on moderni rakennus, jossa on pukuhuoneet ja suihkut, oikeat vessat ja kioski. Kun ihminen muuttuu kömpelöksi, ja uimapuvun riisuminen pyyhkeen sisällä on vaativa suoritus, tuntuu siisti pukuhuone miellyttävältä ylellisyydeltä. Kioskilla ei tarjota erikoiskahveja, mutta laiha suomalainen peruskahvi maistuu mainiosti uintireissun jälkeen.

Laajasalon uimarannalla alan saavuttaa poikavuosien huolettomuuden ja keveyden. Ei trimmeröintiä vuokramökillä, ei mullan kuljetusta takakontissa, ei veden kantamista ja puuceen tyhjennystä. Ei edes talkkarin hommia Kivinokan kesämajalla. Hiekkarannalla puhaltaa merituuli, uin hiljakseen ja nautin kioskin herkkuja. Ehkä jonain päivänä opin uudelleen juoksemaan riehakkaasti mereen.

Parturissa

Palvelut ovat lisääntyneet ensimmäisenä syksynä Kruunuvuorenrannassa. Uusi suuri Hopealaakso-niminen päiväkoti on käynnistänyt toimintansa ja Haakoninlahdenkadun bussipysäkin vieressä on aloittanut parturi. Minulla on ollut vuosikymmeniä etäinen suhde parturiliikkeisiin, vaikka minulla ei ole mitään partureita vastaan, pikemmin päinvastoin. Syy on yksinkertainen: minulla ei ole päälaella lainkaan tukkaa ja vain niukasti ohimoilla.

Kaljuus ei ole koskaan ollut minulle mikään ongelma, sillä jo varhain tiesin, että vaalea kihara tukka on lyhyt välivaihe habituksessani. Kaikki miespuoliset sukulaiseni sekä äidin että isän puolelta ovat olleet jo monen sukupolven ajan kaljuja. Viranomainen vahvisti kaljuuteni joskus viime vuosisadan loppupuolella Kasarminkadun passitoimistossa. Siihen aikaan passitietoihin merkittiin myös silmien ja tukan väri. Kun ilmoitin tavan mukaan tukkani värin vaaleaksi, virkailija katsoi minua kysyvästi, minä toistin, mutta hän merkitsi viivan.

Hankalinta oli oikeastaan aika tukan ja kaljuuden välimaastossa. Kun kävin parturissa ilmoitin aina, että edestä ja päälaelta leikataan kaikki pois. Se oli kuitenkin partureille jostain syystä hankalaa; ilmeisesti he kuvittelivat, että kaikki kaljuuntuvat haluavat säilyttää tukkansa viimeiset rippeet. Löysin lopulta parturin, joka osasi aristelematta täyttää toiveeni, mutta kun hän siirsi liikkeensä Malmille, jätin parturit.

Muistan jo pienenä ihmetelleeni isoisän tukanleikkuukonetta. Hän näytti minulle miten sillä leikataan kalju. Minä kuitenkin turvauduin lähihenkilöön, niin kuin terveydenhuollossa neutraalisti sanotaan. Minulla on siis vuosikymmeniä ollut luotettava kotiparturi, ja olen iloinnut vuosien varrella myös kertyneistä säästöistä.

Oikeastaan viime vuosikymmeninä olen käynyt parturissa vain pari kertaa, kerran Italiassa, kerran Espanjassa. Matkoilla olen halunnut tehdä kulttuurisen tutkimusmatkan näiden maiden miesten maailmaan. Molemmat kerrat olivat miellyttäviä, vaikka meillä ei ollut yhteistä kieltä parturin kanssa.

Kun minulle on nyt tarjolla palveluita Kruunuvuorenrannassa bussipysäkin lisäksi, päätin mennä parturiin. Parturissa oli komea rivi näyttäviä keinonahkaisia parturintuoleja koristein. Molemmat parturit olivat maahanmuuttajia, mutta ymmärsimme hyvin toisiamme ja pystyin keskustelemaan sujuvasti ohimotukan pituuden millimetrimäärästä. Lopputulos oli hyvä, ellei suorastaan erinomainen.

Parturi näyttää olevan auki melkein aina ilman ajanvarausta, arki-iltaisin kahdeksaan ja myös viikonlopun molempina päivinä. Tulin liikkeeseen aamupäivällä, ja näytti että se on löytänyt asiakaskuntaa. Jouduin odottamaan tovin kun kahden komeapartaisen miehen tukka ja parta leikattiin. Ehkä minun on tehtävä kevyt irtautuminen itsepalveluyhteiskunnasta ja ryhdyttävä käyttämään pysyvästi korttelin parturipalveluita.

Osuuskaupan mies

HOK-Elannon pitkäaikaisia lippulaivoja ovat olleet Prismat. Olen vuodesta toiseen sanonut, että Prismojen kaltaiset hehtaarihallit eivät ole minua varten. Ne ovat liian suuria, en löydä niistä mitään, enkä mitenkään jaksa vaellella valtavien hyllyjen keskellä. Muutettuani Kruunuvuorenrantaan minusta on kuitenkin tullut Herttoniemen Hertsin Prisman kanta-asiakas, joka tekee siellä vähintään joka toinen päivä huomattavia ostoksia eläkeläistaloudelle.

Minulla ei ole koskaan ollut mitään varauksia osuuskauppaliikettä kohtaan, pikemmin päinvastoin. Äitini lähetti minut jo kuusivuotiaana perheen ruokaostoksille Riihitien Elantoon. Äiti hoiti muutaman kuukauden ikäistä pikkuveljeä kotona, ja kun minä en halunnut enää mennä lastentarhaan vaan jäin kotiin, sain ruokaostosten tekijän tehtävän. En vieläkään täysin ymmärrä, miten selvisin tästä vaativasta tehtävästä, enhän edes osannut vielä lukea. Ehkä Elannon tädit olivat niin ystävällisiä, että kauppa-asioiden hoito sujui myös kuusivuotiaan pikkupojan kanssa.

Siitä lähtien olen yleensä tehnyt ruokaostokset Elannossa ja sittemmin S-marketissa. Elantolaisuuteen kuului kuittien laskeminen huolellisesti isän kanssa, puuroateriat Elannon baarissa koulun vieressä Annankadulla ja raskaimpina muistoina asiointi Elannon hautaustoimistossa. Uutta aikaa ovat olleet vappulounaat Ympyrätalon Rossossa, joka tosin nykyään on Memphis. Mutta toisaalta työväenhenkiset ihmiset eivät enää kokoonnu vappupäivänä Hakaniemen torille.

Peruslähtökohtani on siis ollut, että S-marketin koko riittää minulle. Päälle vyörynyt korona muutti paljon. Yhtäkkiä hehtaarihalli, leveät käytävät ja pitkät hyllyt olivatkin juuri oikea ostosympäristö. Hyvin monet ystävät siirtyivät ostamaan ruokansa pahvilaatikoissa, joihin henkilökunta oli kerännyt tuotteet, joita he sitten odottivat kotona. Minä puolestani halusin itse edelleen lähteä kaupoille katsomaan kodin ulkopuolista maailmaa.

Prisma on opettanut minulle myös maalaisosuuskaupan ideaa. Se ei ole pelkkä ruokakauppa vaan myös yleistavaratalo. Koronan aikana olen oppinut ostamaan osuuskaupasta lyijykyniä, kärpäslätkiä, uudet Crocsit, verryttelyhousut ja tuoreimman Tatu ja Patu -kirjan. Enää minun ei tarvitse lähteä saaristosta kaupungille jokaisen käyttötavaratuotteen ostoa varten.

Vahvan lisäkannusteen säännöllisille ostosreissuille Prismaan on tuonut S-bonusjärjestelmä ja Prismojen usein toistuvat tuplabonuspäivät. Jostain minulle käsittämättömästä syystä eläkeläisille ei makseta lomarahaa, vaikka juuri eläkkeellä olisi aikaa ja mahdollisuuksia lomanviettoon ja lomamatkoihin. Olen alkanut koota S-bonuksia käytettäväksi kerran vuodessa lomarahana. Lisäksi olen aika innostunut bonusten kertymisen seuraamisesta kännykällä, jokaisena aamuna on syy avata S-mobiili ja katsoa bonussaldo.

Pystyimme viime kesänä tekemään S-bonuksilla pitkän lomamatkan pohjoiseen. Menovesi maksettiin kertyneillä bonuksilla, ja jokaisella tankkauksella ABC-asemilla säästimme matkakassaa jo ensi kesän lomaa varten. Mukavan lisän kertymään tuovat myös järjestelmän tankkausetu ja maksutapaetu.

Korttelin kaksi bloggaria

Muuton jälkeisenä iltana lähdin uudesta kodista viemään pakkausjätettä suureen roskalaatikkoon. Tapasin pihalla vanhan yhteistyökumppanini, bloggari ja influensseri Nata Salmelan, joka veti aikoinaan yhdessä ammattivalokuvaajan kanssa kameraliike Rajalan maksutonta kuvauskoulua bloggareille. Olin kurssilla oppilaana. Kurssin osanottajat saattoivat myös ostaa edulliseen hintaan pienen, mutta hyvälaatuisen järjestelmäkameran. Valokuvaajaa minusta ei koskaan tullut, mutta kurssilla oli antoisaa.

Nata muisti minut heti, vaikka kurssista oli jo viisi vuotta. Ehkä siksi, että olin kurssilla erilainen nuori. Kaikki muut olivat naispuolisia bloggareita ja iältään suunnilleen lasteni ja lastenlasteni puolivälistä. Kurssin alussa kuvailimme blogiamme ja sen kohdeyleisöä. Kun kerroin, että minulla on monen ikäisiä lukijoita, jopa nelikymppisiä, muut nauroivat, sillä kenelläkään ei ollut niin vanhoja seuraajia.

Nata kertoi minulle muuttaneensa meitä ennen naapuritaloon, jonka kanssa meillä on yhteinen piha. Samalla tutustuin hänen lastenvaunussa nukkuvaan poikaansa. Tiesin kyllä hänen muutostaan

Kruunuvuorenrantaan, sillä olin lukenut lehdistä hänen asettumisestaan tänne loft-asuntoon.

Meitä on siis kaksi bloggaria samassa korttelissa, mutta en usko, että viemme tilaa toisiltamme. Nata on suosittu ja hänellä on paljon seuraajia. Lisäksi hän tekee tuloksellista kaupallista yhteistyötä eri firmojen kanssa. Iltapäivälehtien mukaan Nata on onnistunut loistavasti myös taloudellisesti bloggarina ja influensserina.

Minulla on hyvin suppea lukijakunta ja olen vierastanut kaikenlaista kaupallista yhteistyötä. Kun minulla on vakaa sponsori Keva, joka maksaa tililleni valtion puolesta kuukausittain maltillisen summan elinkustannuksia ja kirjoitustyötä varten, en ole tuntenut tarvetta yritysyhteistyölle. Olen toki joskus leikkinyt ajatuksella mahdollisista yhteistyökumppaneista, mutta en ole keksinyt innostavia partnereita. En ainakaan vielä ole syttynyt markkinoimaan Armi-vanhusnojatuoleja, lääkärikeskuksen Jäärähuoltoa tai senioriskoottereita. Siksi en ole myöskään lähtenyt kysymään Natalta neuvoja kaupallista yhteistyötä varten. Olemme sen sijaan puhuneet iloisesti lapsista ja kotien kalustamisesta.

Olen kuitenkin tyytyväinen yhteen Natan analyysiin. Hän on kertonut lehdissä ostaneensa asuntonsa Kruunuvuorenrannasta vanhuudenturvaksi, koska kun silta ja raitiovaunu tulevat tänne ja alueesta tulee kiinteä osa keskeistä Helsinkiä, asuntojen hinnat nousevat roimasti.

Minä luotan kyllä valtiotyönantajan eläkkeiden maksukykyyn, mutta minulla ei ole mitään sitä vastaan, että asun vanhana miehenä mondeenissa kaupunginosassa, vähän niin kuin uudessa Puna-vuoressa.

Rööperin ja Kruunuvuorenrannan kerhohuoneet

Viime päivinä taloyhtiömme aktiivit ovat koonneet huonekaluja ja sisustaneet rappumme pohjakerroksessa sijaitsevaa tilavaa kerhohuonetta. Vauraus on kasvanut; kaikki on hyvälaatuista ja uutta. Kun tilaan tulee vielä suuri taulutelevisio ja ikkunoita peittävät verhot, voisi kerhohuoneessa kuvitella istuvansa lentokentän loungessa.

Minulla on lämpimät muistot ensimmäisestä kerhohuoneesta, jossa vietin runsaasti aikaa nuoruudessani. Keskikoululuokilla 1960-luvun puolivälissä lähdimme luokkatoverini Jaskan kanssa yhä useammin seikkailemaan Rööperissä ja sittemmin valloittamaan keskustaa ja sen kahviloita. Oiva lähtöpiste näille retkille oli Jaskan kotitalo Iso Roobertinkadulla lähellä koulua.

Vaikka Jaskan koti oli suuri lääkäriperheen kerrostaloasunto, meillä ei ollut omaa paikkaa siellä. Asunnosta söivät tilaa lääkäri-isän vastaanottohuone sekä suuri eteinen, jossa potilaat odottivat. Lisäksi flyygelille oli oma huone olohuoneen vieressä. Kun perheessä oli paljon lapsia, suuria ja pieniä, ei meillä ollut mitään omaa rauhaa kodin lastenhuoneessa.

Jaskan isä oli kuitenkin rakentanut taloyhtiön luvalla kellariin kerhohuoneen perheen pojille. Kun vanhemmat veljet vähitellen lähtivät kaupungille väljempiin ympyröihin, me saimme kasvavassa määrin isännöidä kämppää. Siellä oli hyvä levysoitin, sohva ja pöytä. Pystyimme kämpässä keskustelemaan, tekemään suunnitelmia, polttamaan tupakkaa ja myöhemmin myös juomaan viiniä kaikessa rauhassa, sillä tupatarkastuksia oli aniharvoin. Meillä oli käsittämätön onni saada viettää aikaa omassa tilassa.

Kämpän ainoa varsinainen rajoite liittyi rapusta kellarikerrokseen johtavaan oveen, jonka talonmies sulki joka ilta kello yhdeksän, eikä sieltä sen jälkeen päässyt ulos. Se pakotti meidät liikkeelle kaupungille ennen oven lukitsemista. Jaska jäi jonkin kerran jumiin kerhohuoneeseen ja joutui kirjoittamaan seuraavana aamuna koulun myöhästymislappuun legendaarisen selityksen: "lukittujen ovien taakse jääminen".

Nyt minulle avautuu toisen kerran pääsy alakerran kerhohuoneeseen. Taloyhtiön hallitus ei ole vielä lähettänyt kerhotilan käytön sääntöjä, joten vielä en tiedä rajoituksista. Tupakkaa ja piippua en enää polta ja saan viikonloppuisin juoda viiniä kotona hyvän ruoan kanssa. Kotona voin myös soittaa vanhanaikaisesti cd-levyjä. Kotimme on epäilemättä tarkoituksellisesti minimalistinen, joten joskus voisi olla virkistävää päästä väljään kerhohuoneeseen. Mutta mitä tekisin kerhohuoneessa? Alanko kutsua sinne naapureita viikonloppuisin yhteiselle aperitiiville ennen illallisaikaa? Pitääkö minun ryhtyä ensimmäistä kertaa elämässäni hokihörriksi ja rakentaa kerhohuoneeseen naapureiden kanssa kisastudiotraditio? Vai varata kerhohuone poikien pokeri-iltoja varten, joita olen onnistunut välttämään koko elämäni? Ehkä annan kuitenkin elämän kuljettaa ja jään odottamaan ensimmäistä kutsua kerhotilaan.

Ärrä, pizzeria ja lähikauppa

Uudessa kaupunginosassani on moni asia jo kohdallaan. Meritullintorille kuljettavan ekologisen lautan rakennusprojekti on käynnistynyt; liikennöinti alkaa kesällä 2023. Lähimetsästäni Kruunuvuoressa ja Tahvonlahden harjusta tulee ilokseni luonnonsuojelualueita. Kruunuvuorenrannan kulttuuritalossa, Öljysäiliö 468:ssa, järjestetään hienoja tapahtumia. Suuri vastavalmistunut päiväkoti on aloittanut toimintansa, ja minä olen käynyt kaksi kertaa paikallisessa parturissa.

Korttelissamme on käynnistynyt yhteisöllisyyden rakentaminen niin kuin uusissa kaupunginosissa on aina asian laita. Ensimmäiset korttelimme kahden taloyhtiön yhteiset pihajuhlat on pidetty ja kerhohuoneen avajaiset järjestetty. Pihajuhlissa kerrottiin jo alustavasti taloyhtiön viinitastingista ja nyt kutsu on tullut kotiin.

Monia asioita jaksan odottaa, kaikella ei ole kiire. Lähipalvelukeskus valmistuu vasta muutaman vuoden kuluttua ja omaa uimarantaa jaksan myös odottaa kun lähellä on useita minua miellyttäviä uimapaikkoja. Jo nyt voin kävellä rantaa pitkin iltaisin, mutta juhlaksi se muuttuu kun varsinainen rantareitti valmistuu ja sen laitamille tulee ravintoloiden terasseja, joista voin katsella merelle.

Vanhusten palvelukeskuksesta ei ole tietoa, mutta toisaalta en sellaista kaipaa. Siellä tanssittaisiin kuitenkin vain humppaa ja muita paritansseja, joita en osaa. Opintoni sujuivat surkeasti Niemelän tanssikoulussa Hämäläisten talossa, koska tyttöjen luonteva lähestyminen oli kovin vaikeaa poikakoululaiselle.

Kruunuvuorenrannan Haakoninlahden kortteleissa on kuitenkin asioita, joita kaipaan joka viikko. Täällä ei ole R-kioskia, jollaisen ihminen tarvitsee. Minä unohdan aika usein ostaa Loton ja erityisesti Eurojackpotin. Haluan säilyttää myös joitain rituaaleja elämässä enkä siirtyä nettipelaajaksi. Matkalla Ärrälle voin käydä läpi autohaaveet, mutta samalla kokea itseni hyväksi ihmiseksi kun todellisuudessa tiedän tukevani Veikkauksen tuottojen avulla tiedettä, taidetta, liikuntaa ja nuorisotyötä.

Lähikauppaa ei vielä ole ja lähimpään Alepaan on minun vauhdillani runsas vartti. Sinne ei millään jaksa kävellä hakemaan puuttuvaa kermaviilipurkkia. Jo kesällä eräs kovaääninen ja puhelias rouva kertoi varmana tietona Hakaniemen vuoroveneessä, että kortteleihin on tulossa Saarisen K-kauppa. Syksy kuluu, mutta Saarista ei näy.

Yleensä kaikkiin uusiin kaupunginosiin tulee ensimmäisenä pizzeria. Kortteliimme on tulossa sellainen. Erilaisten lupien täytyy kuitenkin olla kunnossa ennen avaamista. Nyt vielä suuria ikkunoita peittävät ruskeat paperit, mutta kurkistellessa olen havainnut sisätilojen valmistumisen etenevän. Postilaatikosta olen voinut vakoilla tulevan ravintolamme nimen: Kruunu Pizzeria.

Ehkä se ei ole alkuun Kruununhaan Liisankadulla sijaitsevan 1 luokan Ravintola Kolmen Kruunun veroinen, mutta minulle sopii hyvin myös tuleva Kruunu Pizzeria. Voin järjestää siellä lastenlapsille pizzakekkereitä. Nuorimmainen ei pidä lainkaan pizzasta, mutta eiköhän tulevassa paikallisessa ole jotain muutakin herkullista tarjolla.

Joogaopettajan soitto

"Urheilu on kansan syöpä." Tämä oli yksi isäni perushokemista. Hänellä ei ollut varmaankaan mitään liikunnallista elämää vastaan; hän piti retkeilystä, pitkistä kävelyistä ja seurakuntien Helsinkiin tuomasta lentopallosta. Luulen että häntä ärsytti pikemmin urheilumaailman ja urheilujohtajien tosikkomaisuus.

Kun minä innostuin Rooman olympialaisten ja Pelén ansiosta urheilusta, kiinnostustani ei suunnattu väkisin muuhun. Olin innokas eri lajien aloittaja ja valikoima oli mittava: yleisurheilu, murtomaahiihto, slalom, mäkihyppy, jalkapallo ja tennis. Harjoittelin ahkerasti erityisesti hiihtoa Seurasaaren jäällä kansakoulun hiihtokilpailuja varten. Jouduin kuitenkin varhain toteamaan, että missään lajissa en ollut kuin kohtuullinen keskinkertaisuus.

Onneksi löysin pienen välivaiheen jälkeen Helsingin keskustan kahvilat, joissa saatoin keskustella, polttaa tupakkaa ja juoda kahvia. Huomasin pian, että kahvilat ja elokuvateatterit ovat minulle tarkoitettuja, ei urheilu. Urheilusta jäivät jäljelle oikeastaan vain uintisessiot poikien kanssa Yrjönkadun uimahallissa lauantaisin.

Uimahalleista tuli tuli pysyvä ystävä. Uinnin lisäksi aloitin viisitoista vuotta sitten äijäjoogan kun ikääntynyt kroppani oli saavuttanut riittävän kankeuden. Eläkevuosina Yrjönkatu vaihtui Vuosaaren uimahalliksi, koska siellä järjestetään eläkeläisten vesijumppaa. Sielläkin voin saunassa kuunnella ukkojen tarinoita, ehkä myös minä avaudun jonkun vuoden kuluttua.

Vaihdoin äijäjoogan rauhalliseen venyttelevään yleisjoogaan logistisista syistä. Kauppakeskus Hertsissä sijaitsevasta kuntokeskuksesta löysin sopivan ryhmän, eikä joogareissuun kaupungille mennyt enää eläkeläisen koko työpäivää. Korona keskeytti tämän kaiken ja sen aikana muutimme Kruunuvuorenrantaan, etäämmälle Hertsistä.

Uusissa kaupunginosissa on uudenlaisia ratkaisuja. Talomme viereisessä parkkitalossa on asukastila, jonka yhteydessä on myös maksuton kuntosali. Jonkin aikaa mietin pitäisikö minun ryhtyä voimistamaan korona-ajan heikentämiä lihaksiani siellä. Kruunuvuorenrannan fb-ryhmän sivuilla kerrottiin kuitenkin toistuvasti kuvin ja sanoin, miten salin käyttäjät eivät palauta välineitä paikoilleen. Lisäksi luin postauksen, jonka mukaan salille on syytä ottaa mukaan äiti siivoamaan, jos ei osaa panna välineitä paikoilleen. Pelkäsin, että minut paljastetaan kuvan kera, kun kuitenkin tumpeloin jotain laitteiden kanssa.

Onneksi eräänä aamupäivänä joogaopettajani Hertsistä soitti. Olin luvannut hänelle, että alan käydä tunneilla uudestaan kun pahin korona on ohi ja olen saanut kaksi piikkiä. Hän sanoi myös, että kuntokeskuksessa on nuoria ohjaajia, jotka voivat tehdä minulle maltillisen ohjelman ja näyttää rauhallisesti miten laitteet toimivat. Soitto sai minut iloiseksi: voin nousta korona-ajan jäykkyydestä ja kömpelyydestä uuteen kukoistukseen.

Aito Mantovani

En ole erityinen pizzan ystävä, mutta olen kaksi kertaa elämässäni ilahtunut pizzerian tulosta. Ensimmäisen kerran viisikymmentä vuotta sitten Visbyssä, ja nyt odotan innokkaasti Kruunu Pizzerian avautumista kotikorttelissani.

Olin siirtynyt kesällä 1972 tiskaajan kesätöistä oppaaksi ja asuin aivan keskellä Visbytä. Kaupunkiin oli avattu Hästgatanin varrelle ravintola Faventia, jossa tarjoiltiin värikkäillä keramiikkalautasilla herkullista pizzaa: suussa sulavaa juustoa, outoja ja voimakkaita mausteita sekä kasviksia ja ohuita kinkun viipaleita. En ollut koskaan ennen syönyt pizzaa Helsingissä enkä Visbyssä. Se voitti monin verroin vastapäisen katukeittiön makkara-annokset sekä ruotsalaiset lounasannokset: kotletin, falukorvin, ruskeat pavut tai lihapullat.

Kokemus oli yhtä vahva kuin vaimollani 1970-luvun alussa, kun hän matkusti nuorena sairaanhoitajana kollegan volkkarin kyydissä Baijerista läpi pimeän DDR:n Länsi-Berliiniin parin yön lomalle. Asuminen oli ollut kolkkoa opiskelija-asuntolan lattialla, mutta katujen kulmissa myydyt pizzapalat jotain ennen kokematonta. Ne maistuivat taivaallisilta ja olivat matkan ehdoton kohokohta.

Kruunu Pizzeria on ensimmäinen varsinainen Kruunuvuorenrantaan avattava ravintola. Etäällä omista kortteleistani toimii jo kahvila Hiekka, mutta se on niin kaukana, että en oikeastaan koskaan kulje kahvilan ohi ja piipahda siellä. Ja jokainen ihminen tarvitsee paikallisen, siksi odotus on kiihkeää.

Ennakkotietojen mukaan, joita olen saanut kaupunginosan ja taloyhtiön fb-ryhmistä, ravintolasta ei tule peruspizzeriaa vaan laatupaikka. Asiaa on korostettu kertomalla korkeatasoisesta pizzauunista. Vaikka en ymmärrä mitään pizzauuneista, kuva ja nimi vakuuttaa. Ravintolaan on hankittu aito Mantovani: Office Elettromeccaniche Mantovane.

Vaikka ravintola avataan vasta lähipäivinä, on tiedossa jo paljon tapahtumia siellä. Asunto-osakeyhtiömme viinitastingin jälkeen ravintolassa järjestetään yhteinen päivällinen, vaimo on kutsunut lähellä asuvia ystävättäriään sinne synttäripizzalle ja minä olen luvannut tarjota yhteisen aterian pizzeriassa kaikille lapsenlapsille.

Kaupunginosan oma pizzeria näyttää olevan samanlainen elämisen ehto kuin kyläkoulu on maaseudulla. Kun Kruunuvuorenrannan fb-sivuille ilmestyi asukasaktiivin ennakkotieto pizzerian avautumisesta, se sai hetkessä yli kuusikymmentä innostunutta kommenttia. Ihmiset ovat käyneet jo kokeilemassa ovenripaa ja kurkkineet naama lasissa sisälle ravintolaan. Muistan kesäiset syntymäpäiväjuhlat Tampereella, joissa hervantalaiset kertoivat ylpeästi paikallisesta pizzeriastaan, jonne "tullaan Helsingistä asti". Ehkä Kruunu Pizzeriasta tulee jatkossa paikka, jonne myös Katajanokan ja Kruununhaan asukkaat alkavat tulla pizzalle, kun saamme ympärivuotisen lauttaliikenteen Kruunuvuorenrantaan.

Kattosauna

Minä olen ollut aina leuto ja innoton saunoja. Lapsuudenperheelläni ei ollut koskaan kesämökkiä järven tai meren rannalla, huvilasta puhumattakaan. Omat urbaanit lapseni eivät viihtyneet maalla, ja vasta heidän kasvettuaan aikuisiksi meillä oli vuokralla yli kaksikymmentä vuotta kaunis, mutta saunaton mummonmökki pellon laidalla ruotsinkielisellä Länsi-Uudellamaalla. En siis tiedä juuri mitään maalaissaunoista ja niiden rutiineista.

Snappertunan vuokramökillä peseydyimme kekseliäässä pihasuihkussa. Peseytyminen pihasuihkussa oli hauskaa lämpiminä ja aurinkoisina kesinä, mutta kylminä ja sateisina kesinä pesu oli suoritettava nopeasti, jos ei nyt suorastaan hampaat kalisten niin ainakin värjötellen.

Minun saunojani ovat olleet helsinkiläisten kerrostalojen kellari- tai pohjakerrosten ahtaat ja koruttomat talosaunat. Kun isän johdolla marssimme Munkkivuoressa saunavuorollemme, odotin hyviä löylyjä enemmän makkaraa, jonka isä lämmitti makkarapussissa saunan kiukaalla. Pehmeä makkara ja kotona tarkasti jaettu limsa olivat lauantai-illan kohokohtia.

Kävin opiskeluaikoina Yrjönkadun uimahallissa ja uintireissuilla kuuntelin saunassa miesten juttuja. Melko usein joku heitti miehekkäästi ja reippaasti löylyä, ja minä poistuin vähin äänin. Vaikka nykyäänkin käyn vähintään kerran viikossa Vuosaaren uimahallissa, en ole oppinut höpöttelemään niitä näitä saunan lauteilla, annan edelleen muiden miesten puhua.

Kun kävin omien lasteni kanssa kerrostalomme saunassa, saunominen oli enemmän lasten peseytymisen organisointia kuin saunasta nautiskelua. Lauantai-illan levollisuus laskeutui vasta, kun limsa oli saatu jaettua ja koko perhe asettui katsomaan television viihdeohjelmia.

Kun muutimme 2000-luvulla lapsiperheen asunnosta pienempään, mutta uusien ihanteiden mukaisesti suunniteltuun asuntoon, siellä ei ollut enää talosaunaa, vaan oma sauna jokaisessa asunnossa. En olisi erityisesti sellaista halunnut, mutta ei siitä tietysti haittaakaan ollut. Ikävä kyllä saunasta muodostui vuosien mittaan ylimääräinen välivarasto, jonka käyttö saunana vaati järjestelyjä.

En jäänyt kaipaamaan asuntokohtaista saunaa muuttaessamme Kruunuvuorenrantaan. Kehitys oli taas kehittynyt: taloyhtiön sauna ei ollut enää ahdas ja valoton kellarisauna vaan avara saunaosasto terasseineen talon katolla. Vaikka en vieläkään ole kunnon saunoja vaan peseytyjä, pidän avoimista näkymistä ja hyvälaatuisista tiloista. Mutta niin kuin ennenkin, minulle mieluisimpia ovat saunan jälkeiset ikiaikaiset rutiinit: Lauantain toivotut levyt, saunajuoma, jota ei tarvitse enää jakaa kenenkään kanssa, ja kaksikymmentä vaille kahdeksan alkava brittiläinen poliisisarja.

Minun uusi liikuntapuistoni

Lapsuuteni Munkkiniemen urheilukentän laidalla oli puinen pukukoppi niin kuin niin monilla Helsingin urheilukentillä. Talvisin pukukoppi lämmitettiin kamiinalla, jonka haju täydentyi kun sen äärellä kuivattiin märkiä lapasia ja villasukkia. Mikään ei kuitenkaan estänyt luistelun iloa 1950- ja 60-luvuilla, sillä ainakin muistikuvien mukaan talvella paukkui aina pureva pakkanen.

Kesällä puolestaan katselin kun Munkkiniemen suuret koripalloilijat Jorma Pilkevaara ja Lasse Karell pelasivat muiden isojen poikien kanssa. Kun minä olin kasvanut koripalloilijan mittaiseksi, kävin poikakoulua keskustassa ja maailma oli viekottanut minut Munkkiniemen urheilukentältä. Minun maailmani täyttyi kahviloista, elokuvista ja folk-musiikista.

Katselin joskus Helsingin uimarannoilla ja uimastadionilla kuinka miehet nostivat puntteja. Huomasin heti että en kuulunut näiden miesten ja nuorukaisten joukkoon. Pelkät yritykset kevyillä painoilla olisivat olleet naurettavia. Jos on ruumiinrakenteeltaan kukkakeppi, on hyvä ymmärtää rajoituksensa.

Kevyt koripallon heittely amatöörien kanssa vielä menetteli, mutta ei minkäänlainen voimailu.

Olen huomannut viime vuosina, että kaupunki on alkanut rakentaa eri puolille kaupunkia uusia ulkoliikuntapaikkoja. Olen nähnyt päiväkävelyillä Herttoniemenrannan rantatiellä kuinka nuoret miehet ja naiset nostavat puisia painoja ja tekevät liikkeitä telineissä. Olen joskus roikkunut telineessä oikoakseni selkääni, mutta en ole yrittänyt vetää leukoja. Koulun hikijumpalla ja pakollisilla telinetempuilla on uskomattoman pitkä varjo: ei enää ikinä.

Olen alusta alkaen seurannut Kruunuvuorenrannan uuden liikuntapuiston rakentamista. Ensin alueelta kuljetettiin rekoilla pois säiliöt, jotka olivat toki paljon pienempiä kuin rannan öljysäiliöt. Kuljetusoperaatiosta rekoilla muodostui jännittävä näky kaupunginosan asukkaille. Sen jälkeen kaivinkoneet alkoivat vaihtaa maapohjaa ja nyt rakennetaan uutta perustaa tulevalle liikuntapuistolle.

Meille on luvattu paljon: leikkipaikka, liikuntavälineitä nuorille ja aikuisille, petankki, padelia, futiskenttä, skeittiparkki ja koriskenttä. Uusi liikuntapaikka tuntuu olevan karkkikauppa kaikille liikunnan ystäville. Mutta miten minä pääsen eroon estoistani ja ennakkoluuloistani?

Olen alustavasti suunnitellut lajivalikoimaa. Ranskalaisissa elokuvissa minun kaltaiseni ukot pelaavat usein puistoissa petankkia, voisinko siis löytää paikkani ukkojen petankkiryhmästä. Voisin myöhäisen aamiaisen jälkeen valua pelaamaan petankkia, puhua toisten miesten kanssa ja palata sitten ansaitulle lounaalle.

Viikonloppuisin voisin istua sekä meren rannalla että seurata liikuntapuistossa juniorien jalkapallo-otteluita. Ja nyt ilman minkäänlaisia kuljetus- tai muita huoltovelvollisuuksia.

Pienet ympyrät

Pikkupoikana maailma laajeni vähitellen. Muistan Munkkiniemestä ensimmäisenä talomme edessä olleen rakentamattoman montun, kartanon puiston ja Tammitien mäen, jossa isot pojat laskivat mäkiautolla. Sitten maailma avautui Riihitietä pitkin leikkikouluun, kirkolle ja urheilukentälle sekä puistotien toiselle puolelle Bio Ritan lastennäytöksiin ja Valion baariin jätskille. Ja vähitellen koko Munkkiniemi oli omaa aluetta, mutta kaupungille lähdettiin vanhempien kanssa raitiovaunulla.

Oppikoulun aloitus Norssissa muutti elämääni paljon. Olin siihen asti pyörinyt isän apupoikana kun hän hoiti asioita kaupungilla. Nyt liikuin koulun takia joka päivä yksin keskustassa. Kun sitten ystävystyin Rööperissä asuneen luokkatoverini Jaskan kanssa, alkoivat yhteiset seikkailumme ja koko keskustan valloitus. Meidän maailmaksemme tulivat puistot, kahvilat ja elokuvateatterit.

Varsinainen nuoruus toi paljon lisää: kesätyöt Ruotsissa ja Saksassa, seminaarit ja liittokokoukset eri puolilla Suomea ja lopulta nuoruuden suuren matkan Pariisiin ja Budapestiin. Koulu kuitenkin juurrutti minut Helsingin keskustaan. Minulle tuli aina levollinen mieli kun lähdin kulkemaan kaupungin katuja. Esikoispojastani tuli samanlainen kaupunkiseikkailija kuin mitä olimme olleet Jaskan kanssa. Muistan 11-vuotiaan pojan itsevarman toteamuksen yhteisellä kaupunkireissulla: "Anna mä valitsen reitin, mä osaan valita parhaan, koska liikun niin laajalla sektorilla."

Mutta mitä tapahtuu sektorille vuosikymmenten aikana. Olen havainnut itsessäni uusia ja outoja piirteitä. Kun ympyrät laajenivat ensin vuosikymmenien ajan, ne tuntuvat nyt koko ajan pienenevän. En syytä uutta kaupunginosaani Kruunuvuorenrantaa, enkä oikeastaan itseänikään, sillä sellainen on kai elämän kulku.

Ennen pidin itsestäänselvyytenä, että helsinkiläinen tuntee raitiovaunuverkon kuin taskunsa. Nyt tuntuu, että linjojen reitit ja numerot vaihtuvat rytmillä, joka ei sovi ikääntyneelle ihmiselle. Katson nöyrästi reittikarttaa. Arvelen, että en koskaan tule tuntemaan ketään, joka asuisi Kalasataman tornitaloissa. Jos ennen seikkailin uusissa kaupunginosissa, annan nyt niiden nousta omassa tahdissaan.

Tutkin pieniä asioita lähikortteleissa Kruunuvuorenrannassa: jalkakäytävien asfaltoinnin valmistumista talojen luona, liikuntapuiston kaivinkoneita ja uusien katujen rakentamista kohti Kruunusiltoja. Käyn kyllä kaupassa Herttoniemessä, vesijumpassa Vuosaaressa ja kirjastossa Roihuvuoressa, mutta sektori supistuu.

Uudessa taloyhtiössä asuminen vaatii paljon. Isännöitsijä vaihtuu ja on luotava uudet tunnukset ja opeteltava uuden toimiston sivujen logiikka. Taloyhtiön digitaalinen sihteeri lähettää päivä toisensa jälkeen uudistuneita käytäntöjä koskevia asiakirjoja. Yhteiskäyttötilojen, siis saunan, pesulan ja kerhohuoneen, varaukset siirretään mobiiliin ja sisään pääsee vain henkilökohtaisella koodilla, ei enää lätkällä tai ns. emännänavaimella. On siis keskityttävä entistä paljon enemmän lähiympäristön hallintaan.

Joskus tuntuu, että on turvallisinta istahtaa punaiseen nojatuoliin ja lukea romaania. Ja antaa tunnuslukujen ja salasanojen levätä kirjoituspöydän laatikossa, koska kirjan avaaminen ei edellytä käyttäjätunnusta eikä salasanaa.

Lähetin ammatti

Sain ensimmäisen lähetin toimen kesällä 1963 Luterilaisen maailmanliiton yleiskokouksessa. Kokouksen lähettikeskus oli sijoitettu Helsingin yliopiston Porhanian luentosali P III:een ja sitä johti pastori Matti Hakkarainen. Pääsin siis suoraan hyvin kansainvälisiin tehtäviin, vaikka kielitaitoni oli vaatimaton ennen oppikoulun aloittamista syksyllä. Osasin vain jonkun verran ruotsia lapsuusvuosista johtuen. Kaikki sujui kuitenkin mainiosti ja näin ihmisiä, jotka olivat tulleet eri puolilta maailmaa, myös kaukaa Afrikasta.

1960-luku oli kultainen vuosikymmen helsinkiläispojille, jotka halusivat lähetin paikan. Minulla ei ollut koskaan minkäänlaista vaikeutta päästä joululomiksi näihin urbaaneihin ja kiinnostaviin tehtäviin. Pari joululomaa työskentelin Uudenmaankadulla Otavassa ja vein kustantamon joululahjapaketteja arvokkaisiin koteihin kaupungin keskustassa. Sen jälkeen hakeuduin luokkatoverini Uugen kanssa joululähetiksi Raken myymälään Erottajalla. Istuimme parin muun pojan kanssa liikkeessä valmiina lähtemään heti keikalle, kun komento annettiin.

Ainakin yhden joulun tein työtä lähellä kotia Talous-Osakekaupan myymälässä Munkkiniemen puistotiellä. Kannoin kasseissa munkkiniemeläisten ruokatilauksia koteihin. Talous-Osakekaupan työsuhteen huippu oli, kun sain kantaa vielä silloin hyviä vuosia eläneen iskelmälaulajatar Laila Kinnusen vierellä hänen kauppakassejaan kotiin.

Oli vain luonnollinen jatko uralleni, että opiskeluvuosina 1970-luvulla hakeuduin kesätyöpaikkaan Suomen Pankkiin, jossa hoidin korkeimman tason lähettitehtäviä. Työskentelin vahtimestarin nimikkeellä, mutta tehtäväkokonaisuuden olennainen osa oli asiointi kaupungilla ja joskus jopa johtokunnan jäsenten kirjeiden toimittaminen tärkeille henkilöille. Yleensä vakinainen virastomestari ajoi autoa, ja minä puolestani toimitin tehtävän perillä. Lähikohteisiin – esimerkiksi Pörssitalolle tai kauppa- ja teollisuusministeriöön – saatoin kävellä ja viedä tai hakea asiakirjoja, joita kuljetin salkussa. Pankki edellytti hyvin korrektia pukeutumista, onneksi minulla oli sininen klubitakki ja harmaat housut, joita saatoin käyttää työasuna.

Pitkään kuvittelin, että nykyajan nuoret miehet ovat menettäneet mahdollisuuden lähetin mielenkiintoisiin tehtäviin ja kasvaa niiden avulla kaupungin tuntemukseen. Olen kuitenkin voinut havaita, että Kruunuvuorenrannassa rapussamme liikkuvat naapureiden lisäksi lähinnä ruokakuljetuksia tuovat kauppojen kuskit sekä pizzerioiden ja Woltin lähetit. Lähetit eivät kuitenkaan ole nuoria koulupoikia, vaan aika usein maahanmuuttajataustaisia miehiä.

Ilmiö heijastuu jätehuoltoon. Kartonkiroskikset pursuvat kauppojen pahvilaatikoita ja pizzalähettien käyttämiä laatikoita. Asukkaat saavat säännöllisesti sekä virallisia tiedotteita että toisten asukkaiden kirjoittamia fb-postauksia, joissa annetaan hyvää tarkoittavia ohjeita pahvilaatikoiden litistämisestä.

En olisi vajaat kuusikymmentä vuotta sitten osannut ikinä ajatella, että lähettialalla tehdään elämäni ehtoopuolella miljardiluokan jättikauppoja. Voittajia tässä kuumassa liiketoiminnassa eivät tietenkään ole ammattitaitoiset lähetit vaan aivan muut. Siksi saattoi olla järkevää, että jätin lähetin ammatin ja ryhdyin virkamieheksi.

Autopaikan arvonta

Kun olimme tehneet sopimuksen asunnon ostamisesta Kruunuvuorenrannassa, riitti vielä jännitettävää: saammeko paikan autollemme Kruunuparkki 5:stä? Hyvä autopaikka on minulle tärkeä, koska osa elämäntehtävääni on ollut kautta vuosikymmenien nuorison kuljettaminen liikuntaharrastuksiin, joihin on mahdotonta selviytyä julkisilla. Lisäksi olen tukenut pienyrittäjäpoikani firmaa kuljetuksin, koska kuljetuksiin ei ole helppoa rekrytoida luotettavaa, hyvää ja kokenutta henkilökuntaa.

Taloyhtiömme asukkaille järjestettiin autopaikka-arvonta, jonka tulos ratkesi vasta vähän ennen muuttoa. Paikkoja oli varsin kohtuullisesti, eikä kaikkia asuntoja myyty välittömästi, joten mahdollisuudet olivat hyvät. Loppuun asti jännitti, mutta saimme toivomamme paikan.

Kruunuvuorenrannassa on kaikkiaan viisi pyöreää parkkitaloa, jotka ovat erivärisiä. Lisäksi joidenkin talojen alle rakennetaan taloyhtiöiden omia parkkihalleja. Meidän parkkitalomme yhteydessä on myös asukas- ja harrastustiloja.

Pidän parkkitaloista ja -halleista kahdesta syystä. Ensinnäkin autot viihtyvät niissä hyvin, eikä autoja tarvitse kaivaa esiin lumesta talvipakkasella. Toiseksi näen vain ihmisten menevän ja tulevan parkkihallin ovesta johonkin kerroksista, eikä minun tarvitse muodostaa päähäni karttaa kaikkien naapureiden autokannasta. Kenellekään ei tarvitse olla kateellinen, eikä ketään tarvitse säälitellä ikälopusta menopelistä. Kruunuparkki 5:ssä on vakiopaikat, joten tiedän epäilemättä naapuripaikkojen autojen omistajat, mutta en juuri muita.

Asuimme neljätoista vuotta Hertoniemenrannassa, jossa taloyhtiömme parkkipaikat olivat ulkona lähellä taloamme. Tällöin oli itsestään selvää, että osasin yhdistää jokaisen auton johonkin talomme asukkaaseen. Itse asiassa kykenisin vieläkin luettelemaan rappumme asukkaiden automerkit ja -mallit. Kuinka paljon turhaa aikaa olen käyttänyt persoonan ja autovalinnan syiden pohtimiseen. Autokiinnostus näyttää olevan yleistä. Kun vaihdoin asumisemme aikana kaksi kertaa autoa, sain molemmille kerroilla rappumme asukkailta onnitteluja uudesta autosta, melkein kuin olisin tuonut pihapiiriin uuden lapsenlapsen leikkimään.

Myönnän, että minulla on traumaattinen suhde naapureiden autoihin. Lapsuuden vauraassa Munkkiniemessä näin liian usein ja liian paljon hienoja autoja. Rappumme yläkerran kauppaneuvoksen perheellä oli iso Mersu ja naapuritalossamme asui

Vehon johtaja ja siksi pihalla pyöri aina uusia Mersun malleja. Lisäksi hyvän kansakoulukaverini isällä oli näyttävä amerikanrauta. Ja meillä ei ollut autoa ollenkaan.

Vaimoni on väliin kertonut minulle, että Jaguar tai Tesla ovat tyylikkäitä autoja. En ole ollut kuulevinani, sillä tiedän että minut on tarkoitettu käytännöllisten ja tavanomaisten autojen rattiin. Sellaiset autot ovat riittäviä ja sopivia nuorison ja yksinyrittäjän kuljetuksiin.

Ei mikään syytinkivaari

Siirryin korona-aikana poikani mediafirman logistiikkapäällikön tehtävistä taitoluistelijoiden kuljetustiimin jäseneksi. Poikkeuksellinen aika on vaatinut toimivan alustan verkoston työtehtävien jaolle ja monenlaista joustavaa kommunikaatiota. Olemme sopineet kuljetusvuorot, ohjeistaneet parhaat reittivalinnat ja muut tehtävät digitaalisesti. Ajankohdasta johtuen en pitkään aikaan tavannut edes kaikkia tiimiläisiä kasvokkain.

Ensimmäiset suuret kilpailut järjestettiin pari viikkoa sitten Tikkurilassa. Tapasin katsomossa kaikki tiimin jäsenet, myös toisen vanhemman työryhmämme jäsenen, jota luistelijat kutsuvat Vaariksi. Minua puolestaan kutsutaan luistelijapiireissä vanhan asuinalueeni perusteella Herttopapaksi. Kuulin kisoissa, että myös Vaari on muuttanut Kruunuvuorenrantaan, mikä on tietysti hyvä asia, koska kuljetuksia Helsingin eri jäähalleille on täältä paljon. Me isoisät emme ole jääneet kotiin syytinkivaareina istumaan kiikkustuolissa jälkipolven lähinurkille, vaan olemme lähteneet reippaasti liikkeelle ja tehneet itsemme olennaiseksi osaksi suomalaista urheilujärjestelmää.

Olen huomannut Kruunuvuorenrannassa ja muuallakin, että nykyään lapsiperheet muuttavat usein lähelle isovanhempia tai toisinpäin. Isovanhemmista on tullut tärkeä osa lastenlasten urbaania kuljetus-, hoito- ja huolenpitojärjestelmää. Aivan näin ei ollut pari sukupolvea sitten. Toki isoäidit saattoivat hoitaa ja ulkoiluttaa lastenlasta, mutta melko pian asia kääntyi toisin päin. Kun koulupoikana kävin isovanhempieni luona, sain melkein aina tehtäväkseni viedä paketin tai muun tervehdyksen jollekin isoäidin ystävättäristä tai toimittaa muun asian. Sain myös tarkat neuvot miten käyttäytyä ystävättären eteisessä. Nuorempi veljeni puolestaan kävi toisen isoäidin luona Töölönkadulla pesemässä tämän asunnon ikkunoita ja hoitamassa muita kodin askareita. Meille tarjottiin herkkuja ja ainakin minä sain myös mieluisan rahallisen kuljetuspalkkion.

Minun on mahdoton kuvitella, että isoisä olisi vienyt minua jalkapalloharjoituksiin. Ei edes isäni – eikä oikeastaan kenenkään muunkaan isä – seisonut kentän laidalla antamassa taktisia neuvoja. Pikkupoikana isoisä vei minua kyllä kaupungilla jännittäviin paikkoihin: museoihin, puistoihin, kahviloihin ja jopa konsertteihin. Myöhemmin istuin hänen kanssaan olohuoneen sohvaryhmässä, ja hän kertoi Venäjän vallan ajasta, kouluvuosista Ressussa ja mahonkisesta huviveneestä Viipurinlahdella.

Olen joskus kertonut lastenlapsille vanhoista ajoista, mutta loppujen lopuksi aika harvoin. Kun useimmiten kohtaan yhden tai useamman taitoluistelijatytön autossani, käymme enimmäkseen läpi heidän maailmaansa: urheilua, koulua, kirjoja ja elokuvia. Pidän näitä keskusteluja virkistävinä, koska omien ystävien ja tuttavien kanssa puheet menevät helposti akuuttien sairauksien jälkeen vanhoihin asioihin viime vuosisadalla.

Näin oli jo luistelijoiden vanhempien aikana: silloin jalkapallopojat täyttivät autoni ja minä kuuntelin heidän meluisia ja innokkaita keskustelujaan. Onneksi taitoluistelijatytöt eivät vaadi että ajaisin kovempaa. Ehkä minusta on tullut parempi autonkuljettaja, eikä heillä ole siksi moittimista ajotavassani. Yleensä saan myös kiitosta autoon tuomistani eväistä, varmaankin tarjoilujen taso oli vaatimattomampi viime vuosisadalla: täytetty vesipullo.

Ensin lähti piano

Kun lapset olivat pieniä, meillä oli kotona piano. Piano siirtyi meille, kun appivanhemmat muuttivat Helsinkiin viettämään eläkepäiviä. Vaimoni oli harjoitellut tällä pianolla soittoa maaseutupitäjien ankarien kanttoreiden johdolla. Pianistia hänestä ei koskaan tullut, kuitenkin klassisen musiikin ystävä.

Siirtoon liittyi ilmiselvä toive, että joku lapsistamme innostuisi aktiiviseksi pianonsoittajaksi. Näin ei kuitenkaan käynyt. Lapset menestyivät kyllä monessa muussa, kirkkaimpana saavutuksena ehkä kuopuksen Suomen mestaruus ilmakitaransoitossa. Pianon vierailu kodissamme jäi melko lyhytaikaiseksi ja se lähti jatkamaan matkaansa lastemme nuorempien serkkujen luokse. Emme koskaan kaivanneet koristeeksi ja valokuvien alustaksi muuttunutta pianoa.

Saimme jo ennen pianon siirtoa meille isänisäni 1920-luvulla teettämän jykevän tammisen ruokapöydän. Isoisän monet hankinnat olivat suurellisia, ja siksi pöydässä oli alkujaan kolme lisälevyä huomattavia päivällisiä varten. Meidän maailmamme ei ollut koskaan niin suuri, että pöytää olisi levitetty kaikilla kolmella, yksi riitti hyvin. Pöytä oli meillä yli neljäkymmentä vuotta ja se oli käytännöllisesti ja symbolisesti tärkeä huonekalu.

Ruokapöydän ympärillä tavattiin ystäviä, juhlittiin syntymäpäiviä ja vietettiin sukulaispiirissä jouluaattoa. Sen äärellä kokoonnuttiin myös laatimaan perukirjoja ja sopimaan perheen asioista. Iso pöytä määräsi kokoontumisen paikan. Kun muutimme Kruunuvuorenrantaan minimalistiseen vanhuudenkotiin, oli suuren ruokapöydän aika lähteä. Nyt kokoonnumme muualla uusien ruokapöytien äärellä.

Niin kauan kun asuntojemme koko kasvoi, oli ilo ottaa vastaan vanhoja ja kestäviä huonekaluja. Mutta kun kehitys lähti toiseen suuntaan, tuli murheita.

Muutto Kruunuvuorenrantaan merkitsi suurta karsintaa: kaksi kolmasosaa huonekaluista sekä puolet tauluista ja kirjoista saivat jatkaa matkaansa muualle. Osa löysi helposti hyvän kodin, osa hankalammin. Eniten minun kävi sääli tietosanakirjoja, jotka ovat osoittaneet sivistystahtoa kotien kirjahyllyissä yli sadan vuoden ajan. Jokaisella sukupolvella oli oma tietosanakirjasarjansa, jotka olivat kertyneet meille, mutta niille ei löytynyt ottajia. Jopa Kierrätyskeskus – joka on kirjojen sijoittamisen viimeinen kohde ennen Sortti-asemaa – ilmoittaa: "Ei tietosanakirjoja!"

Aion pitää lujasti kiinni yhdestä huonekalusta niin kauan kun nyt osaan ylipäätään pitää mistään kiinni. Se on punainen nojatuolini, jossa voin lukea sanomalehtiä, kirjoja ja katsoa televisiota. Punainen nojatuoli on myös oivallinen paikka torkahtaa, jos ei ilkeä mennä sängylle päiväunille. Omaa huonetta en tarvitse, nojatuoli riittää.

Pitkään elänyt enoni antoi minulle viimeisenä elinvuotenaan tärkeän opetuksen: elämä ei ole elämisen arvoista, jos ei ole nojatuolia, jossa lukea kirjoja. Hän oli ottanut mukaan palvelutalon pieneen asuntoon monia lempihuonekaluja – tietysti liian isokokoisia –, mutta ei ollut ymmärtänyt tuoda omaa nojatuolia. Ja sitä hän katui loppuun asti.

Ensimmäinen vuosi

Uusissa kaupunginosissa ja taloyhtiöissä näyttävät fb-ryhmät olevan keskeisiä tiedonvälityksen kanavia ja yhteisyyden rakentajia. Luin aluksi kiinnostuneena Kruunuvuorenrannan fb-ryhmän postauksia, mutta kun havaitsin, että siellä käsitellään runsaasti pahatapaista nuorisoa ja huonoa käytöstä, jätin lukemisen vähemmälle. Seuraan toki kaupallisia tiedotteita, koska niissä voi olla jotain uutta tarjontaa minulle.

Yhden kerran julkaisin ryhmässä mielestäni tyylikkään mustavalkoisen kuvan korttelimme ravintolan lohikeitosta, mutta sain tyrmäävän vastaanoton. Kuvaa pidettiin epäonnistuneena ja sen kirjoitettiin tuovan mieleen sota-ajan ruoka-annokset. Poistin postauksen, sillä en halunnut vahingoittaa ravintoloitsijan myyntiä ankealla kuvalla.

Taloyhtiön fb-sivulle olen kirjoittanut muutaman kerran. Olen kirjoittanut vain hyvin asiallisista asioista, enkä ilokseni ole saanut tyrmäyksiä vaan vastauksia kysymyksiini. Taidan jatkaa asialinjalla tässä ryhmässä.

Säännölliset parturireissut ovat olleet vahva kokemus syksyn alusta lähtien. Se on minulle uutta, sillä vähäisen tukkani leikkaaminen hoidettiin kotona vuosikymmeniä. Käynnit maahanmuuttajaparturissa ovat vieneet minut jännittävään miesten maailmaan. Paljon emme puhu, sillä parturi tietää toiveeni: kaikki päältä pois, sivuille jätetään neljä milliä. Olen selvästi pidetty kanta-asiakas, sillä parturi antoi minulle lahjaksi pullon voimakkaasti tuoksuvaa partavettä ennen joulua.

Kruunuvuorenrannan pääväylää – Koirasaarentietä – ajavat pitkät ja suuret kuorma-autot ja rekat, jotka kuljettavat kivimassaa ja rakennustarvikkeita. Olen tottunut tähän liikenteeseen. Vaikka kuljetukset ovat massiivisia, rakennustöiden logistiikka on mielestäni suunniteltu varsin hyvin. En ainakaan itse osaa esittää nykyistä parempia logistisia ratkaisuja.

Ensimmäisen vuoden suurimpia ja tärkeimpiä elämyksiä ovat olleet kävelyretket Kruunuvuoren lammelle ja kallioille sekä Stansvikin niemeen. Mitään valtavia aarniometsiä ne eivät ole, mutta en minäkään mikään varsinainen vaeltaja. On uskomatonta, että vain muutaman sadan metrin päässä kotiovesta voin kävellä vanhassa kauniissa metsässä. Ja talomme vieressä on meri ja Kruunuvuorenselän toisella puolella kaupungin siluetti.

Jos minulta kysytään jotain Kruunuvuorenrannasta, kysytään yleensä tulevasta sillasta ja matkan pituudesta kaupunginosaan. Kerron sillan aikataulusta ja rakentamisen alkamisesta sekä ennen siltaa käynnistyvästä ympärivuotisesta lauttayhteydestä Meritullintorille. Vaikka puhun mielelläni saaristossa asumisesta ja matkoista mantereelle, on todellisuus paljon arkisempi ja helpompi: nopea bussimatka Herttoniemen metroasemalle ja sieltä keskustaan metrolla.

Kaikki kaupunginosani

Arvelen että Kruunuvuorenranta on viimeinen kaupunginosani. Ainakin tässä tarkoituksessa olemme muuttaneet pieneen, esteettömään ja karsittuun vanhuudenkotiin. Olen lisäksi vuoden aikana havainnut, että ympäristö on hieno. Jatkossa pääsemme vartissa lautalla tai raitsikalla keskustaan, mutta en vielä tiedä innostunko flaneeraamaan keskustan kaduilla niin kuin ennen vai olenko muuttunut kokonaan idässä ja saaristossa liikkuvaksi vanhaksi mieheksi.

Syntymäkotini sijaitsi Meritullinkatu kolmessatoista. Kahdesta ensimmäisestä vuodesta siellä en muista mitään; olen vain nähnyt valokuvia itsestäni leikkikehässä ja ulkoilemassa Säätytalon puistossa. Paljon myöhemmin Kruununhaka tuli minulle erityisen tutuksi, sillä palvelin kaksikymmentä viimeistä työvuottani opetus- ja kulttuuriministeriön virkamiehenä Meritullinkadulla.

Ensimmäiset tietoiset muistoni ovat Tukholmasta, jonne perheemme muutti kahdeksi vuodeksi, kun isä siirtyi Tukholman suomalaisen seurakunnan papiksi. Asuimme ensin Vanhassa kaupungissa ja sitten modernissa asunnossa Täbyssä, josta minulla on jo selviä muistikuvia pihasta, kaupasta, uimarannasta ja unkarilaisista naapureista. Tukholmasta tuli minulle toinen kaupunki Helsingin rinnalla, jossa vierailin lapsena ja varhaisteininä perheen kanssa joka kesä. Perhematkojen jälkeen alkoivat omat nuoruusvuosien seikkailuni siellä ja muualla Ruotsissa. Kun muut täydensivät virkamieskoulutustaan Brysselin kokemuksella, minä työskentelin yhden syksyn Tukholmassa Ruotsin opetusministeriössä.

Olen pitänyt aina itseäni munkkiniemeläispoikana, niin tärkeitä ovat lapsuus- ja kouluvuodet. Vaikka siirtyminen oppikouluun keskustassa muutti toveripiirini ja vei minut ensin Rööperin ja Töölön kaduille ja baareihin sekä myöhemmin lukiovuosina keskustan kahviloihin ja elokuvateattereihin, olen pysynyt munkkiniemeläispoikana. Olen myös papinpoika, ja tämä rooli kiinnitti minua lapsuusvuosista lähtien kaupunginosaan. Äiti jäi Munkkiniemeen isän varhaisen kuoleman jälkeen ja hän asui siellä elämänsä loppuun asti. Vaikka kukaan perheestä ei enää asu Munkkiniemessä, olen pitänyt tapanani muutaman kerran vuodessa lähteä kävelylle sinne katsomaan vanhoja kotitaloja ja paikkoja.

Asuin pari ensimmäistä opiskeluvuotta yksiössä Kurvin kulmassa Sörnäisissä. Maisema oli kivinen ja kolkko verrattuna vehreään Munkkiniemeen, mutta sijainti oli oiva spontaaneja iltayön istuntoja varten. Vielä 1970-luvun alussa seutu ei ollut täynnä nuoria ihmisiä niin kuin nykyään. Muistan pikemmin talon iäkkäät mammat ja papat, jotka kassi kädessä ja tossut jalassa kävivät ostoksilla ruokakaupassa.

Saimme pian avioliiton solmimisen jälkeen vuokra-asunnon Kulosaaresta, jossa kaikki lapsemme syntyivät. En koskaan kokenut olevani varsinainen kulosaarelainen, vaikka asuimme siellä melkein kymmenen vuotta. Perusasiat olivat kuitenkin kohdallaan: asiallinen asunto, hyvä päiväkoti ja muutama lapsiperhe naapurina. Rahaa oli aina vähän, mutta pyörille saatoimme tehdä retkiä lasten kanssa pitkin Helsingin rantoja.

Pitkäaikaisin kotimme sijaitsi Länsi-Pasilassa, josta ostimme asunnon 1980-luvun puolivälissä. Pasila oli lapsille mainio paikka kasvaa: palloilu- ja urheilukentät sekä Uimastadion vieressä, talolta vain kivenheitto Keskuspuistoon, koulut lähellä ja hyvät yhteydet kaikkialle. Ja raitiovaunupysäkki torin laidalla. Ei ihme että lapsista kasvoi täysiverisiä pasilalaisia. Ei meillä aikuisillakaan ollut mitään valittamista, mutta runsaan kahdenkymmenen vuoden kuluttua perheasunto oli vain turhan iso kahden ihmisen taloudelle. Panimme hitas-asunnon kiertoon ja sinne muutti uusi tyytyväinen lapsiperhe.

Herttoniemenrannassa pääsin taas merenlahden äärelle niin kuin Munkkiniemessä. Kaikista ikkunoistamme näkyi merenlahti, Killingholma ja Tullisaari. Se tuntui ylelliseltä pitkän kuivan kauden jälkeen. Kun vielä viidensadan metrin säteellä sijaitsi viisi ravintolaa, kesätunnelma oli kovin eteläeurooppalainen. Neljäntoista vuoden kuluttua halusimme kuitenkin eteenpäin ja kohti uutta. Tavoitteena oli uusi entistä minimalistisempi ja käytännöllisempi asunto. Löysimme sellaisen Kruunuvuorenrannasta, joka on meren äärellä ja josta pääsee meren yli keskustaan.

Muutto Helsinkiin

Ensimmäinen sukulaiseni, joka toi perheensä pysyvästi Helsinkiin, oli äitini isoisä Kaarlo Alarik Castrén. Hän oli Säräisniemen kruununnimismiehen poika, mutta ei palannut edellisten sukupolvien tapaan yliopisto-opistojen jälkeen papiksi tai virkamieheksi pohjoiseen vaan jäi etelään. Kun hän oli suorittanut filosofian kandidaatin tutkinnon ja auskultoinut, hän lähti lyseon opettajaksi Viipuriin, jossa oli toiminut jo opintojen aikana kesätoimittajana ja sijaisopettajana. Hän tapasi kaupungissa tulevan puolisonsa ja perusti sinne perheen.

Appivanhemmat olivat menestyneet erinomaisesti liiketoimissaan Viipurissa. Avioliiton kautta vaurastuneelle Kaarlo Alarikille avautui mahdollisuus suorittaa myös oikeustieteellinen tutkinto. Valmistuttuaan juristiksi hänet kutsuttiin vastaperustetun Kansallis-Osake-Pankin Viipurin konttorin ensimmäiseksi johtajaksi vuonna 1890.

Oman isoisäni kertomukset lapsuuden Viipurista ovat valoisia: perheellä oli iso talo Punaisenlähteentorin varrella, puutarhassa pidettiin kahvikekkereitä ja kesäisin purjehdittiin mahonkisella huviveneellä. Kaarlo Alarik oli ennen muuta pankinjohtaja, mutta myös muutoin tarmokas mies kaupungin pyrinnöissä. Hän oli mukana perustamassa Pamaus-seuraa ja toimi sen ensimmäisenä sihteerinä, hänet valittiin kaupunginvaltuustoon ja eräiden muiden vauraiden viipurilaisten kanssa hän sitoutui huolehtimaan runoilija J.H. Erkon elinkustannuksista.

Kansallis-Osake-Pankin ensimmäinen pääjohtaja Otto Hjelt houkutteli Kaarlo Alarikin perustamaan kanssaan uutta pankkia pääkaupunkiin. Hjelt oli erotettu äänestyspäätöksellä KOP:n pääjohtajan tehtävästä, mutta Kaarlo Alarik oli kuulunut hänen tukijoihinsa erottamisprosessissa. Otto Hjelt oli uuden Suomen Maanviljelys- ja Teollisuuspankin pääjohtaja ja Kaarlo Alarik johtokunnan jäsen ja kakkosmies. Pankin pääkonttori sijaitsi Pohjoisesplanadilla.

Viipurin talo ja tontti myytiin, ja perhe muutti vuonna 1897 Kaivopuistoon. Perheen tytöt jatkoivat oppikoulua Helsingin Suomalaisessa Tyttökoulussa, ja pojista toinen aloitti Ressussa, toinen Norssissa.

Jonkun aikaa kaikki sujui hyvin. Perhe muutti Merikatu ykköseen suureen kivitaloon, jonka rakentamisen pankki oli rahoittanut, ja jonka osakkeista Kaarlo Alarik hankki kuudenneksen. Pääjohtajan johdolla uusi pankki laajensi toimintaansa vauhdilla: haarakonttoreita perustettiin eri kaupunkeihin ja luottoja myönnettiin hölläkätisesti. Vauhti oli liian kova ja edessä pian täysi katastrofi. Pääjohtaja erotettiin jo vuoden 1900 lopussa ja koko pankki ajautui pian sen jälkeen konkurssiin. Kyseessä oli siihen mennessä Suomen suurin konkurssi ja ensimmäinen liikepankin konkurssi. Otto Hjelt pakeni Yhdysvaltoihin, eikä koskaan enää palannut Suomeen.

Kaarlo Alarik oli nyt entinen pankinjohtaja. Pankin konkurssissa oli mennyt koko perheen varallisuus, eikä sekään riittänyt. Hänen tuloistaan ulosmitattiin kolmasosa kuolemaan saakka, ja kun aikoinaan seuloin hänen papereitaan, näin perukirjasta että kuolinpesä oli hyvin velkainen. Merikadun suuresta asunnosta tuli muutto, ja Kaarlo Alarik ryhtyi muutamaksi vuodeksi asianajajaksi.

Tämän jälkeen Kaarlo Alarik siirtyi alkuperäiselle alalleen, koulutoimeen. Hänestä tuli virkamies Koulutoimen ylihallituksen kansanopetusosastolla, josta hän jäi eläkkeelle lainoppineena kouluneuvoksena runsaan parinkymmenen vuoden palvelun jälkeen 70-vuotiaana vuonna 1926.

Vaikka koko varallisuus oli mennyt, minusta vaikuttaa, että Kaarlo Alarik säilytti valoisan mielen ja tarttui kiinnostuksella kansakoululaitoksen rakentamiseen. Mitään suoraa tietoa minulla ei hänestä ole. Äitini ja enoni olivat pikkulapsia isoisän kuollessa, enkä koskaan osannut kysyä hänestä mitään pitkään eläneiltä isoisältäni ja hänen vanhemmalta sisareltaan. He itse edustivat minulle 1880-luvulla syntyneinä niin kaukaista maailmaa, että heitä pitemmälle en osannut kuvitella.

Minulla on hallussani Kouluhallituksen virkatovereiden juhlajulkaisu, joka laadittiin kun Cate – niin virkatoverit kutsuivat äitini isoisää – täytti 70 vuotta. Sen perusteella voin havaita, että hän oli pidetty työtoveri: "suuri veitikka", jolla oli "leikkisä luonne ja hyvä humööri".

Jäätyään eläkkeelle Kaarlo Alarik työskenteli vielä asianajajana, mutta ei kauaa. Hän odotti lokakuussa 1927 raitiovaunua Tehtaankadulla Pyhän Henrikin katedraalin edessä, sai sairaskohtauksen ja kuoli raitiovaunupysäkillä.